Iris Abendschön

Ein galaktischer Ausflug ins Weltall

Mit der Rakete
auf Entdeckungsreise

Impressum
Deutschsprachige Erstausgabe November 2021

Der Nardy-Verlag wird vertreten durch:
Philipp Bernardy
Hermanstraße 5 1/2
86150 Augsburg

Autorin & Illustratorin: Iris Abendschön
Covergestaltung: Buchgewand Coverdesign | www.buch-gewand.de
unter Verwendung von Motiven von: stock.adobe.com: © jakkaje8082

Verantwortlich für den Druck: Amazon Distribution GmbH, Leipzig

Ein galaktischer Ausflug ins Weltall

Inhaltsverzeichnis

Einleitung

Hey, ihr fantastischen, überirdischen Bücherleser, Vorleser und Zuhörer!

Mein Name ist Alex und ich möchte euch über meine vielen spannenden und lustigen Abenteuer im Weltall berichten, die ich vor kurzem erlebt habe.

Meine kleine Schwester Mia und unser Wuschel-Hund Sputnik waren mit von der Partie.

Vielleicht glaubt **ihr** mir!

Meine Eltern sind der Meinung, ich habe zu viel Fantasie. Wenn die wüssten!

Der Weltraum und alles, was damit zu tun hat, beeindruckt mich seit vielen Jahren.

Ich habe sogar ein eigenes Teleskop, um die Sterne an unserem Nachthimmel zu beobachten. Oft sehe ich Flugzeuge und Satelliten, die blinkend die Erde umkreisen, manchmal Sternschnuppen.

Mein Papa arbeitet in einem Zentrum für Luft- und Raumfahrt und konnte mir einiges über den Weltraum erzählen. Mit ihm war ich ein paar Mal beim Tag der offenen Tür in seiner Firma. Da gab es tolle Dinge zu sehen, wie zum Beispiel ein kleines Modell von der Internationalen Raumstation ISS, das Kontrollzentrum, Raketen und Filme über den Mars.

Vor zwei Jahren war ich mit meinen Eltern in Florida, das ist in Amerika. Meine kleine Schwester wollte unbedingt nach Disney Land und Sea World, das sind riesige Freizeitparks. War okay.

Mein allergrößter Wunsch in Amerika war der Besuch des Kennedy Space Centers. Das war ein super Tag! Dort ist ein amerikanischer Weltraumbahnhof von der NASA. Man konnte wahnsinnig tolle Sachen anschauen. Die gigantische Saturn V Rakete ist 111 Meter lang und die größte jemals geflogene Rakete. Als ich da unten durchging, fühlte ich mich winzig klein. Ein Film über die erste Mondlandung wurde auch gezeigt und Raumanzüge, die die Astronauten damals wirklich getragen haben. Ich durfte in ein Space Shuttle rein, das im Weltall geflogen ist. Das ist eine Raumfähre, die ausgemustert wurde. Wäre ich größer gewesen, hätte ich sogar ein Astronautentraining mitmachen können. Ich glaub Papa war froh, dass ich zu jung war, weil es viel Geld gekostet hätte. Ich könnte noch stundenlang erzählen …

Wenn ich groß bin, werde ich Astronaut, das steht fest!

Alles, was ich bisher erzählt habe, ist aber nichts gegen das, was jetzt kommt!

Das tollste, krasseste, beste Erlebnis meines Lebens war die Begegnung mit einem Außerirdischen und die Reise ins unendliche Weltall!!!

Ich merke, ihr glaubt mir nicht, aber es ist wirklich passiert!

Fast hätte ich was vergessen: Nach jeder Geschichte versuche ich euch Wissenswertes zu erklären.

Für eure Eltern, die dann sagen können, das habe ich gewusst! Für euch, wenn ihr genauso begeistert vom Weltall seid wie ich.

Jetzt geht's los …

Monsteralarm

Es war ein gewöhnlicher Samstagabend im August. Ich, Alex lebte zusammen mit meinen Eltern und meiner kleinen Schwester Mia sowie unserem Hund Sputnik in einer kleinen, ruhigen Stadt. Wir wohnten in einem Einfamilienhaus mit einem schönen großen Garten direkt am Ortsrand. Unsere Eltern waren zu einem Geburtstag bei Freunden eingeladen, die weiter weg wohnten. Meine Schwester Mia und ich mussten zum Glück nicht mitfahren. Aus Erfahrung weiß ich, dass es meistens langweilig ist, wenn Erwachsene feiern. Um nachts nicht mehr so weit fahren zu müssen, fuhren sie mit unserem Wohnmobil. Was sich später als großes Glück herausstellte.

Mich hatten sie dazu verdonnert, auf meine kleine Schwester Mia und unseren Hund Sputnik aufzupassen. Echt ätzend! Ich hätte mich viel lieber mit meinen Freunden getroffen. In letzter Zeit stritten Mia und ich fast unentwegt. Ich glaube, es machte Mia einen Riesenspaß, mich ständig zu ärgern. Vor meinen Eltern spielte sie dann immer das Unschuldslamm und ich bekam die Strafpredigten zu hören. Mia war meiner Meinung nach, eine kleine, verwöhnte Prinzessin! Trotz allem hatte ich meine kleine, süße Schwester furchtbar lieb.

Es wurde langsam dunkel draußen und ich beschloss, dass es Zeit wäre, eine spannende Star Wars DVD anzusehen. Mama meinte, ich sollte auf Klein-Mia Rücksicht nehmen bei der Filmauswahl, aber da musste meine Schwester durch. Ich hatte mein schwarzes Star-Wars-Sweatshirt an, mein Laserschwert lag griffbereit auf der Couch. Die große Schüssel bis zum Rand gefüllt mit leckerem Popcorn, befand sich auf dem Wohnzimmertisch. Vier kleine Flaschen Zitronenlimo mit Metallröhrchen, – wegen der Umwelt, standen daneben. Mein prüfender Blick fiel auf die niedliche Mia, sie passte nicht so recht in mein Star-Wars-Bild.

Ihre blonden, langen Haare standen, zu Zöpfen zusammengefasst rechts und links, von ihrem Kopf ab. Ihre großen, blauen Augen strahlten mich erwartungsvoll an. Ich war das ganze Gegenteil von meiner Schwester, mit meinen dunklen, kurzen Haaren und braunen Augen.

Mia hatte ihr schlabbriges, rosa Einhorn-Shirt an und machte es sich mit ihrer pinkfarbenen Kuscheldecke auf der Couch bequem. Ihr rosa Einhorn-Stofftier Filli im Arm. Sputnik, unser zweijähriger schwarz-weißer Border Collie-Mischling, legte sich zu ihren Füßen. Seine schwarze Nase schnupperte aufgeregt am Tischrand Richtung Popcorn-Schüssel. Er hatte die berechtigte Hoffnung auf eine ordentliche Menge Popcorn, von Mia. Bei ihr landete grundsätzlich mehr Popcorn auf Couch und Boden als in den Mund. Kopfschüttelnd betrachtete ich sie.

Da hilft nur: Ausblenden! Okay. Licht aus! Film an!

In diesem Augenblick erschütterte ein fürchterlicher Knall die Luft. Die Fensterscheiben vibrierten, der Boden schien zu wackeln. Danach herrschte Totenstille. Erschrocken schauten wir uns an.

Sputnik winselte ängstlich. „Was war das?“, stammelte ich. Mit meinem Laserschwert in der Hand schlich ich leise zur Terrassentür. Vorsichtig hinter dem Vorhang versteckt, schaute ich in den Garten. Mitten in Mamas Gemüsebeet war ein großes Loch zu sehen und eine riesige braune Staubwolke schwebte um den Krater herum. „Seltsam“, murmelte ich. „Vielleicht ist das ein Meteoriteneinschlag direkt in unserem Garten!“, rätselte ich aufgeregt. Ich wollte die Tür aufreißen und hinaus stürmen, da fing Sputnik warnend an zu bellen. Hier stimmte was nicht! Mir stellten sich die Haare auf, ein unheimliches Gefühl erfasste mich. „Sei bloß vorsichtig Alex!“, wisperte Mia. Komplett unter ihrer Kuscheldecke versteckt, lugte sie mit einem Auge neugierig hervor. Was das bringen soll, weiß ich nicht.

Da hörte ich ein leises, scharrendes Geräusch vor der Tür. Erschrocken fuhr ich herum. Die Türklinke bewegte sich langsam in Zeitlupe nach unten. Ich hielt den Atem an und konnte mich vor Schreck nicht mehr bewegen. Vier gelbe, lange Krallen wie von einem Raubvogel schoben langsam die Tür auf. Mir blieb fast das Herz stehen. Mit einem Satz sprang ich schützend vor meine kleine Schwester und brachte mein Laserschwert in Position. Ich würde sie gegen alle Monster der Welt verteidigen! Ein krallenbesetzter Fuß schob sich vorsichtig unten durch den Türspalt und danach erschien vor mir das seltsamste Lebewesen, das ich je gesehen habe.

Mia fing hysterisch an zu kreischen, kleines Mädchen halt. Sputnik kläffte wie verrückt. Ich stand mit meinem Laserschwert fest in den Händen da und machte – gar nichts. Das Wesen hielt beide Krallenhände abwehrend von sich gestreckt, sofort verstummte der ohrenbetäubende Lärm. Mia wimmerte leise vor sich hin. Sputnik winselte abwartend.

Unsicher grinste das, ich habe keine Ahnung was uns an. Es machte mit einer Hand eine abwartende Bewegung, mit der anderen Hand kramte es umständlich aus einer seiner vielen Westentaschen ein kleines, schwarzes Kästchen hervor. Das gab mir die Zeit, es genauer zu betrachten. Dieses Wesen sah fast wie ein normaler Junge aus. Es hatte ungefähr meine Größe, war schlaksig, dünn mit langen Beinen. Es hatte einen eng anliegenden, schwarzglänzenden Anzug an, – ähnlich wie Batman. Die langen Krallenfüße und Krallenhände hatte ich bereits gesehen. Mein Blick wanderte höher. An dem Rücken des Wesens befanden sich angeschnallte Riesenflügel, die ähnlich aussahen wie von einer Fledermaus. Mein Blick wanderte weiter nach oben. Zwei große gelbe Raubvogelaugen sahen mich belustigt an, als ich mit offenem Mund staunend dastand. Nase und Mund sahen menschlich aus. Die großen, spitzen Ohren und das schwarz-rote Haarbüschel mitten auf dem Kopf gaben mir den Rest.

Vor mir stand ein waschechter Außerirdischer, daran gab es keinen Zweifel.

Der Außerirdische zielte mit seinem Kästchen auf Mia. Auf der Stirn meiner kleinen Schwester erschien ein winziger grüner Punkt, das sah aus wie ein Laserpunkt. „Lass das!“, schrie ich erbost. Drohend mein Laserschwert wild hin und her schwingend, sprang ich auf ihn zu. Völlig unbeeindruckt von meiner Aktion, lächelte der Außerirdische uns freundlich an.

„Ick hoße Pipikakaichmuss, weh hoßt ehr?“ Mia und ich schauten uns verblüfft an.

„Pipikakaichmuss“, prustete Mia los. „Pipikakaichmuss, soll das ein Name sein?“, Mia und ich lachten bis uns die Tränen kamen. „Oh, Mann! So ein bescheuerter Name!“, japste ich völlig außer Atem. Der Außerirdische legte irritiert den Kopf schief. Er sah uns grübelnd an und zielte mit seinem Kästchen auf mich. „Lass das, habe ich gesagt!“, fuhr ich ihn an.

„Ich heiße Nikipapademus, wie heißt ihr?“, fragte er geduldig. „Hey, du verstehst unsere Sprache, das ist Wahnsinn! Hast du das mit dem schwarzen Ding da gemacht?“, rief ich aufgeregt. „Das da sind meine Schwester Mia und unser Hund Sputnik, ich heiße Alex.“ Ich schnappte nach Luft. „Wo kommst du her? Was machst du hier auf der Erde?“ Tausend

Fragen schwirrten mir durch den Kopf. „Warum habt ihr so gelacht?“, wollte Nikipapademus wissen. „Na ja, du hast gesagt du heißt Pipikakaichmuss, das war verdammt lustig“, kicherte ich. „Jetzt versteh ich!“, nickte der Außerirdische lachend. „Nennt mich einfach Niki.“

„Zu deiner ersten Frage, ja, dieses Kästchen ist ein Sprachumwandler. Zweitens, ich komme aus einer weit entfernten Galaxie und musste leider bei euch notlanden. Mein Tank ist völlig leer und ein Schutzschild ist defekt. Ich brauche Treibstoff und Werkzeug zum Reparieren.

Könnt ihr mir bitte helfen?“, fragte Niki hoffnungsvoll. „Natürlich helfen wir dir. Wo ist dein Raumschiff? Im Garten ist nur ein riesiges Loch. Ich dachte es wäre ein Meteoriteneinschlag.“ Aufgeregt stürmte ich zum Fenster. Von einem Raumschiff war weit und breit nichts zu sehen. Niki schmunzelte: „Selbstverständlich kannst du es nicht sehen, ich habe meine Rakete unsichtbar gemacht. Was denkst du was sonst hier los wäre?“ Ich nickte zustimmend, tief beeindruckt von unserem Gast aus dem Weltall.

INFOS ZU:
Asteroiden & Meteoriden

Meteoriden werden Gesteinsbrocken genannt, die aus dem Weltall stammen. Bei diesen Objekten kann es sich um winzige Körnchen bis hin zu metergroßen Felsbrocken handeln. Sie sind kleiner als **Asteroiden**. Wenn ein **Meteorid** in die Erdatmosphäre eintritt, kann eine Leuchterscheinung entstehen. Diese wird dann **Meteor** oder **Sternschnuppe** genannt. Ein **Meteorid**, der beim Eintritt in die Erdatmosphäre nicht vollständig verglüht und auf der Erdoberfläche einschlägt, heißt **Meteorit**.

Asteroiden bestehen hauptsächlich aus Gestein und verschiedenen Metallen sowie Kohlenstoffverbindungen, die bei der Entstehung der Planeten vor circa 4,5 Milliarden Jahren übrig geblieben sind. Man nimmt an, dass es Milliarden von ihnen gibt. Sie befinden sich hauptsächlich im sogenannten **Asteroiden-Hauptgürtel** zwischen den Planeten Mars und Jupiter. Dieser Hauptgürtel schützt unsere Erde vor vielen, schlimmen Asteroideneinschlägen. Durch Kollisionen untereinander und die Anziehungskraft von dem Planeten Jupiter können Asteroiden jedoch aus ihrer Umlaufbahn im Hauptgürtel gedrängt werden. Sie können dann den Weg anderer Planeten kreuzen. Asteroiden, die die Erdbahn kreuzen, haben meist die Größe von 10 bis 15 Kilometer.

Auf die Erde schlagen immer wieder kleinere Himmelskörper ein. Die meisten verglühen fast vollständig. Im US-Bundesstaat Arizona schlug ein 30 Meter großer Asteroid aus Eisen und Nickel, ein Loch von 1.200 Metern Durchmesser und 170 Meter Tiefe in die Erde.

Der größte bekannte Einschlagskrater ist etwa zwei Milliarden Jahre alt und befindet sich in Südafrika. Er soll ursprünglich einen Durchmesser von gut 300 Kilometern gehabt haben.

Vor etwa 65 Millionen Jahren schlug ein etwa zehn Kilometer großer Asteroid auf der Halbinsel Yukatan in Mexiko ein und verursachte einen Krater ähnlicher Größe wie in Südafrika. Dieser Vorfall könnte nach heutigem Wissensstand auch Ursache für das Aussterben der Dinosaurier gewesen sein.

ESSIG

Große Suche

Prüfend blickte Niki sich in unserem Wohnzimmer um. „Seid ihr alleine hier?“ Ich nickte eifrig. „Ja, meine Eltern sind über Nacht weg. Sie kommen voraussichtlich morgen gegen Mittag zurück.“ „Perfekt!“, murmelte Niki leise. „Dann lasst uns Treibstoff und Werkzeug suchen, damit ich hier bald wieder wegkomme. Wo fangen wir am besten an?“ Ich überlegte kurz. „Wir müssen in die Garage. Papa hat immer einen gefüllten Benzinkanister dort und seine Werkbank mit Werkzeug sind auch da.“

Mia hatte sich von ihrer pinken Kuscheldecke frei gestrampelt und stand abwartend vor uns. Einhorn Filli und Kuscheldecke unter dem Arm geklemmt. Ich schüttelte den Kopf. „Mia, mit Socken gehst du sicher nicht in die Garage.“ Blitzschnell drehte sie sich um und verschwand. Verblüfft blickte ich ihr hinterher. Keine Widerrede, seltsam. Ein paar Sekunden später war Mia wieder da. Sie schaute mich triumphierend an und zeigte mir ihre Füße. Wie ich diese schrecklichen Einhorn-Hausschuhe hasste! Das hatte sie mit Absicht gemacht! Wie peinlich! Niki stand wartend an der Tür und beobachtete uns grinsend. Ich schickte meiner Schwester einen bösen Blick. Sie streckte mir dafür frech die Zunge heraus.

Genervt drängte ich mich an Niki vorbei zur Haustür. Es war sicher ein seltsamer Anblick, als wir nacheinander in der Dunkelheit zur Garage schlichen. Zuerst ich, dann unser Außerirdischer, gefolgt von Einhorn-Mia und Sputnik. Zum Glück war weit und breit niemand zu sehen. In der Garage angelangt machte ich Licht. Niki zuckte zusammen. „Ist das hell!

Könnt ihr nicht im Dunkeln sehen?“, fragte er erstaunt. Ich schüttelte bedauernd den Kopf.

„Leider nicht.“ Heftig blinzelnd griff Niki nach dem großen Hammer, der auf der grünen Werkbank lag. Wortlos drückte er ihn mir in die Hand. Aus den seitlichen Schubladen kramte Niki zwei riesige Schrauben und die dazugehörenden Muttern. Zufrieden meinte er: „Das müsste klappen. Hitzebeständig ist wichtig! Ich muss mit hoher Geschwindigkeit durch die Erdatmosphäre in das Weltall. Der Schutzschild ist so gut wie repariert. Wo ist der Treibstoff?“ Ich zeigte auf den roten Kanister mit Benzin. Umständlich versuchte Niki mit seinen Krallenfingern den Deckel zu öffnen. „So ein blöder Verschluss, das geht nicht auf“, murrte er. „Mit komischen Krallenhänden sicher nicht“, flüsterte ich leise. Etwas drücken und dabei drehen und der Deckel war auf. „Für etwas müssen eure Stummelhände ja gut sein“, entgegnete Niki. Wir sahen uns an und mussten beide lachen.

„Das ist kein Treibstoff für meine Rakete, das riecht schrecklich. Habt ihr noch andere Flüssigkeiten?“, fragte er enttäuscht. Ich reichte ihm Spiritus, Motorenöl, Frostschutzmittel und destilliertes Wasser. Jedes Mal nachdem er daran gerochen hatte, kam ein „Nein.“ Unsere Stimmung wurde von Versuch zu Versuch schlechter. Da mischte sich Mia ein. Sie hatte uns die ganze Zeit stumm beobachtet. „Nach was riecht dein Treibstoff?“, wollte sie wissen. „Er riecht sauer“, sagte Niki. Meine Schwester überlegte. „Zitronen sind sauer, Essig ist sauer, Johannisbeersaft ist sauer. Lasst uns in der Küche nachsehen.“ Zurück im Haus stürmten wir in die Küche. Mia schnappte sich die erstbeste Essigflasche aus dem Küchenschrank und hielt sie Niki unter die Nase. Dieser schnupperte vorsichtig daran. Ein breites Grinsen erschien auf seinem Gesicht. „Das ist es! Das ist Treibstoff! Ich komm nach Hause! Mia, du bist die Größte!“, schrie er begeistert. Er packte Mia, warf sie hoch in die Luft und fing sie gekonnt wieder auf. Meine Schwester kreischte vor Vergnügen. Unser Hund bellte ausgelassen mit. Es ging zu wie in einem Irrenhaus.

Ich suchte währenddessen in der Küche und in der Speisekammer allen Essig zusammen, den ich finden konnte: Rotweinessig, Weißweinessig, Apfelessig, Essig Essenz, Balsamico-Essig und Kräuteressig. Zusammen mit dem Werkzeug verstaute ich alles in einer großen Stofftasche. Ein Gedanke hatte sich in meinem Kopf breitgemacht und ließ mich nicht mehr los.

Ich wollte unbedingt mit ins Weltall fliegen!

Als es plötzlich ganz still in der Küche war, schaute ich auf. Niki, Mia und Sputnik, alle drei sahen mich prüfend an. „Was ist los? Freust du dich nicht mit mir?“, wollte Niki wissen. Ich fing an zu stottern: „Doch, ich freu mich für dich. Aber, …, aber ich würde, na ja, ich würde so gerne mit dir ins Weltall fliegen. Das wäre das Tollste überhaupt.“ Unsicher sah ich ihn an.

„Hmm, vielleicht kann ich dir diesen Wunsch erfüllen, ich muss das überprüfen.“ Er griff in eine seiner vielen Taschen und holte ein kleines Gerät heraus. Mit gerunzelter Stirn tippte er darauf herum. „Wann kommen deine Eltern zurück? Mittags?“ Niki sah mich fragend an. Ich nickte aufgeregt. „Ja, das würde funktionieren. Wir müssten in den nächsten dreißig Minuten starten, dann bist du rechtzeitig zurück.“ „Wie soll das zeitlich gehen?“, fragte ich verblüfft. „Wir sind später in einer anderen Zeitebene, das ist schwierig zu erklären. Du kannst mir glauben, ich habe es genau berechnet. Es ist deine Entscheidung.“ Abwartend blickte Niki mich an. Natürlich wollte ich! Mia zupfte mich am Ärmel. „Ich will mit ins Weltall mit Filli und Sputnik“, quengelte sie. „Mia, das ist zu gefährlich. Was würde Mama dazu sagen?“, versuchte ich ihr beizubringen. „Mama hat gesagt du darfst mich nicht allein lassen! Ich erzähl ihr sonst alles! Ich will mit!“, schrie Mia aufgebracht. Typisch meine Schwester.

„Ich habe vier Sitzplätze mit Gurten in meiner Rakete, von mir aus können alle mit“, mischte Niki sich ein. „Juchhuu, wir fliegen ins Weltall, Filli! Ich hol meinen Rucksack und nehme Proviant mit “, jubelte meine Schwester und sauste davon.

„Wir machen die Rakete startklar, würde ich sagen.“ Niki wühlte in seinen vielen Jackentaschen herum. „Verflixt, wo ist mein Sichtbarmacher. Ohne ihn können wir nicht losfliegen. Ich muss ihn irgendwo verloren haben. Die Zeit läuft uns davon, wir müssen den Tank füllen und der Schutzschild ist auch noch nicht repariert.“ „Lass Sputnik an einem deiner Kästchen schnuppern, er ist der weltbeste Suchhund. Ich finde mit ihm deinen Sichtbarmacher. Du kannst das schon mal raustragen“, bestimmte ich und drückte Niki die Tasche in die Hand. Sputnik sog den Geruch ein und bellte, er hatte verstanden. Aufgeregt stürmte er los, die Nase am Boden. Ich rannte hinterher. Zuerst in die Küche, nichts. Vor der Haustüre stoppte Sputnik, er wollte raus in die Garage. Vor den Schubladen der Werkbank blieb er wild wedelnd stehen und bellte ausgelassen. Er war am Ziel. In der zweiten Schublade war der Sichtbarmacher zwischen all den Schrauben und Nägeln. Das war Rekordzeit! Ich lobte Sputnik überschwänglich. „Super Hund! Das hast du fein gemacht!“ Gemeinsam rasten wir in den Garten. Mia war bereits bewaffnet mit Kuscheldecke, Filli und Rucksack eingetroffen. Der wartende Niki benutzte sofort den Sichtbarmacher. Mitten in unserem Gemüsebeet stand eine wundervolle, riesige Rakete mit grünem Tarnmuster.

Staunend standen wir davor. „Wow, ist die cool! Und das mitten in unserem Garten“, schwärmte ich voller Begeisterung. „Mama wird sich weniger freuen, wenn sie ihren Garten sieht.“, stellte Mia fest. „Och, da lass ich mir schon was einfallen, halb so schlimm“, beruhigte ich sie. „Jetzt aber schnell, wenn ihr mit wollt. Helft mir mal!“, blaffte Niki uns an.

Ich füllte den Essig in den Tank. Niki klopfte mit dem Hammer am Schutzschild etwas gerade und befestigte es mit den Schrauben und Muttern. Zufrieden betrachtete er sein Werk. „Das hält. Ab in die Rakete mit euch!“ Das musste er nicht zweimal sagen.

INFOS ZU:
Erdatmosphäre

Unsere Erde ist von einer gigantischen, gasförmigen Hülle umgeben, der **Erdatmosphäre**. Sie schenkt uns die Luft zum Atmen. Zusammen mit dem Magnetfeld der Erde schützt uns die Erdatmosphäre vor verheerenden Sonnenwinden und Meteoriten. Der natürliche Treibhauseffekt hält die Erde warm. Die **Erdatmosphäre** besteht aus fünf Schichten.

-**Troposphäre** (0 – 15 Kilometer Höhe), sie enthält 80 bis 90 Prozent unserer gesamten Luftmasse. Beinahe der gesamte Wasserdampf der Atmosphäre befindet sich hier. Das heißt, die Wolkenbildung und der Wasserkreislauf finden in der Troposphäre statt. Über den Polarregionen reicht dir Troposphäre nur bis in eine Höhe von circa acht Kilometern, beim Äquator reicht sie bis in eine Höhe von ungefähr 17 Kilometern. Flugzeuge fliegen in der Regel in 10 bis 12 Kilometer Höhe. Je höher, desto kälter werden die Temperaturen. An der Obergrenze können Temperaturen von minus 80 Grad herrschen.

-**Stratosphäre** (15 bis 50 Kilometer Höhe), in der oberen Region wird die UV-Strahlung des Sonnenlichts durch die Ozonschicht aufgesogen und in Wärme umgewandelt. Die Temperatur steigt von minus 80 Grad auf null Grad Celsius.

-**Mesosphäre** (50 bis 85 Kilometer Höhe), hier verglühen Staubteilchen und kleinere Gesteinsbrocken aus dem Weltall. Diese „Atmosphärenbremse“ schützt unsere Erde vor zahlreichen Einschlägen. Am Himmel wird das Verglühen der Gesteinsbrocken, oft in Form von Sternschnuppen sichtbar. Ozon kommt hier kaum noch vor. Die Temperatur sinkt wieder bis minus 100 Grad Celsius, sie ist damit die kälteste Schicht der Erdatmosphären.

-**Thermosphäre** (85 bis 500 Kilometer Höhe), hier hält sich meist bei durchschnittlich 400 Kilometer Höhe, die internationale Raumstation ISS auf. Die Temperatur steigt auf bis über 1700 Grad Celsius an. Es ist aber eine andere Temperatur, als wir sie auf der Erde empfinden würden. Die Luft ist hier extrem dünn.

-**Exosphäre** (500 bis 10.000 Kilometer Höhe), dies ist die äußerste Schicht der Erdatmosphäre mit einem fließenden Übergang ins Weltall. Die Erdanziehungskraft wird immer schwächer, je mehr die Höhe zunimmt. Irgendwann ist die Anziehungskraft so schwach, dass die Gasmoleküle ins weite Weltall entweichen.

Raketenstart

Niki drückte auf einen versteckten Knopf an der Rakete. Automatisch öffnete sich eine Tür und wir traten nacheinander ein. Sputnik beäugte misstrauisch die Luke, dann hüpfte er uns schnell hinterher. Niki machte uns Licht. Staunend begutachtete ich den Innenraum. Die Rakete wirkte innen viel größer als von außen. Ich sah eine Schleuse und etliche Kammern. Alles, Wände und Einrichtung, war weiß. „Wir müssen hoch in den Steuerraum. Kommt mit mir die Treppe hoch", befahl Niki. Er kletterte voran. Wir folgten gehorsam. Oben angekommen öffnete sich eine weitere Tür und wir waren im Steuerraum angelangt. Niki machte für uns ein paar Lichter an. „Gemütlich ist was anderes", meinte Mia skeptisch. Wir blickten uns um. Überall Metall, Haken und Netze und ein paar Drahtseile. Alles in sterilem, kaltem Weiß. An einer Seite, mittig vor einer riesigen Fensterfront befanden sich vier große, weiße Sessel. Das musste das Cockpit sein. Seitlich, rund herum befanden sich viele, runde Gucklöcher, wie die Bullaugen bei einem Schiff. „Ab in die Sitze mit euch und anschnallen!

Wir müssen los! Du Alex kommst zu mir vor. Mia und Sputnik ihr nehmt die Sitze hinter uns."

„Sputnik muss angeschnallt werden? Was ist mit meinem Einhorn?", fragte Mia. Niki lachte: „Euer Hund braucht auf jeden Fall einen Gurt. Filli nicht. Deinen Rucksack kannst du unter deinem Sitz in das Fach schieben. Danach mach die Klappe zu." Er setzte sich in seinen Sessel und richtete die angeschnallten Flügel in die vorgesehenen Ausbuchtungen. Währenddessen kam aus dem Boden eine Konsole hochgefahren. Ich erkannte einen Steuerknüppel und eine Menge Knöpfe und Anzeigen. Nach dem Angurten drehte Niki sich zu Mia um. „Alle bereit?“ Mia nickte kleinlaut. Sputnik hatte ich mit Müh und Not auf den Sitz verfrachtet und den

Gurt befestigt. Niki schaute mich an. „Na Co-Pilot, bereit?“

Ich musste zugeben, dass aus der anfänglichen Aufregung langsam ein mulmiges Gefühl wurde. Nein, ich habe keine Angst, redete ich mir ein. Zweifel kamen. War es richtig Mia mitzunehmen. War unser Ausflug zu gefährlich? Kommen wir überhaupt wieder zurück aus dem All? Was ist mit unseren Eltern, wenn wir plötzlich nicht mehr da sind? Meine Hände auf den Armlehnen begannen zu zittern. Prüfend musterte mich Niki von der Seite. Er legte seine rechte Krallenhand auf meine linke Hand. Er flüsterte leise, damit Mia nichts mitbekam. „Alex, es ist in Ordnung, wenn du Angst hast. Als ich das erste Mal alleine mit meiner Rakete gestartet bin, hatte ich fruchtbar Schiss! Ich bin seit damals oft geflogen. Vertrau mir! Wir können es auch so machen: Wir umfliegen eure wunderschöne Erde einmal und du entscheidest danach, ob ihr mit mir weiterfliegt oder nach Hause wollt.“ Ein wenig beruhigt und dankbar für dieses Angebot nickte ich zustimmend.

Mit konzentrierter Miene betätigte Niki etliche Knöpfe und Schalter. Es begann unter uns zu brummen und zu beben. Das Wackeln wurde immer stärker und es wurde entsetzlich laut. Wir begannen mit zu wackeln. Sputnik begann vor Schreck zu jaulen. Mia riss die Augen auf und schnappte nach Luft. Ich hielt mich krampfhaft an den Armlehnen fest. Niki brüllte gegen den Lärm an. „Wir heben gleich ab. Ihr werdet gleich voll in die Sitze gedrückt, das ist normal. Wir brauchen viel Schubkraft, um die Anziehungskraft der Erde zu überwinden. Nach ein paar Minuten wird es wieder ruhiger. Viel Spaß!“ Er griff nach einem Hebel und schob ihn langsam nach oben. Ein hohes, pfeifendes Geräusch ertönte und wir begannen zu schweben. Nach einem ohrenbetäubenden, explosionsartigen Knall wurden wir mit aller Gewalt in unsere Sessel gequetscht. Mit rasender Geschwindigkeit ging es nach oben. Mia kreischte in den höchsten Tönen und ich kreischte mit. War das peinlich, aber ich konnte in diesem Moment nichts dagegen machen. Nach einiger Zeit wurden wir langsamer und der Druck ließ nach. Niki lachte. „Ihr könnt jetzt mit dem Schreien aufhören, die Action ist vorbei. Wir sind in der Thermosphäre angekommen.“ Ich drehte mich zu Mia und Sputnik um. Beide sahen etwas mitgenommen und erschöpft aus, aber es ging ihnen gut. Ich atmete tief ein und aus. Es hat geklappt, wir waren im Weltraum angekommen. Eine große Last viel von mir.

Benommen sah ich mich um. Draußen war es dunkel. „Können wir von hier aus die Erde sehen?“, fragte ich Niki. „Ja, können wir. Ich muss zuerst eine geeignete Umlaufbahn finden, bleibt aber bitte angeschnallt. Um euren Planeten fliegen verdammt viele Satelliten und dazu tonnenweise Weltraumschrott. Ich möchte jeden Zusammenstoß vermeiden. Wir haben zwar Schutzschilde, aber wenn die Teile zu groß sind richten sie trotzdem Schaden an.“ „Stürzen wir dann ab?", fragte ich erschrocken. „Nein, natürlich nicht. Ich bin ein Profi im Weltall! Ich kenn mich aus!", erwiderte Niki großspurig. „Klar, ein Profi, der zu wenig Treibstoff mitnimmt und notlanden muss", entgegnete ich grinsend. Niki schmunzelte „Eins zu null, für dich!"

Er tippte mit seinen Krallen auf dem Display vor sich herum. „Schwierig, schwierig", murmelte er vor sich hin. Ich musterte ihn neugierig. Für einen Außerirdischen sah Niki wirklich nett aus. Kein Monster, wie ich anfangs beim ersten Anblick gedacht hatte. Ich fragte mich gerade, wie es wohl ist, mit diesen tollen Flügeln zu fliegen, als ich seinen Blick spürte. „Was ist?", fragte er. Ich fühlte mich ertappt und spürte wie ich rot wurde.

„Nichts!", antwortete ich und schaute schnell weg. „Sag schon!", bohrte Niki weiter. Ich verdrehte die Augen. „Na gut, ich habe gedacht, dass du nicht gruselig, sondern cool aussiehst, mit deinen Krallen und gelben Augen." „Euer Anblick war für mich genauso gewöhnungsbedürftig", entgegnete Niki belustigt. „Dann habe ich mir noch überlegt, wie es wäre, mit solchen Flügeln zu fliegen", fuhr ich fort. Sehnsüchtig starrte ich auf seine Flügel.

„Darf ich sie mal anfassen?" „Ja klar." Stolz breitete Niki einen seiner Flügel etwas aus. Angeschnallt im Sitz musste ich mich nach hinten drehen. Vorsichtig berührte ich den Flügel. Er bestand aus einem seltsamen, elastischen Material mit festen Streben dazwischen. „Es ist atemberaubend damit zu fliegen. Falls ihr euch entschließt mit mir, zu meinem Heimatplaneten zu kommen, darfst du sie ausprobieren", sagte Niki. „Wirklich? Kann ich das lernen?", fragte ich erstaunt. Mia, die unser Gespräch mucksmäuschenstill verfolgt hatte, rief entrüstet: „Ich und mein Einhorn, wollen auch mit so Flügeldingern fliegen!"

Ein lautes Piepen unterbrach abrupt unsere Unterhaltung. „Prima. Das System hat endlich eine einigermaßen freie Umlaufbahn gefunden." Niki studierte den Bildschirm. „Wir müssen etwas höher steigen, dann können wir mit der Erdumrundung beginnen." Er betätigte den Antriebshebel und wir stiegen langsam aufwärts in die gewünschte Höhe. Ab und zu sahen wir kleine glühende Brocken mit einem Feuerschweif, in rasender Geschwindigkeit an uns vorbeizischen. Nikis Raketensystem dirigierte uns geschickt durch alle Geschosse hindurch bis wir endlich in der geeigneten Umlaufbahn ankamen.

INFOS ZU: Weltraumschrott

Weltraumschrott ist ein globales Problem und eine drohende Gefahr für die Raumfahrt und Satelliten, die unsere Erde umkreisen. Es kann sich hierbei um große Objekte wie ausgebrannte Raketenstufen und kaputte Satelliten handeln oder um winzig kleine Teile, die zum Beispiel entstehen, wenn zwei Satelliten zusammenprallen. Schätzungsweise die Hälfte aller Satelliten ist außer Betrieb. Bei einer Geschwindigkeit von mehreren 10.000 Kilometern pro Stunde werden selbst winzige Objekte zu verheerenden Geschossen. Trifft zum Beispiel ein münzgroßes Schrottteil auf einen Satelliten, wird dieser wie von einer Kugel durchschlagen. Der Satellit könnte aus seiner Umlaufbahn geschleudert werden und teilweise zerstört werden. Zahlreiche neue Schrottteile würden entstehen, die wieder andere Satelliten treffen, eine unkontrollierbare Kettenreaktion wäre die Folge.

Etwa 8.500 Tonnen Schrott rasen momentan um unsere Erde herum. Zurzeit sollen angeblich über 128 Millionen kleine Schrott-Teile, zwischen einem Millimeter und einem Zentimeter, sowie 900.000 Schrott-Teile zwischen einem und zehn Zentimeter und 34.000 Teile über zehn Zentimeter, um unsere Erde kreisen.

Die Gefahr von Zusammenstößen wächst stetig, da immer mehr Satelliten in die Erdumlaufbahn gebracht werden. Einige Satelliten nehmen vor ihrem Ableben, Kurs auf die Erde um in der Atmosphäre zu verglühen, andere sollen Kurs auf den sogenannten Weltraumfriedhof nehmen. Nicht immer verläuft alles wie geplant.

Mittlerweile hat man die Gefahr erkannt und versucht eine Müllabfuhr zu entwickeln. Die Europäische Weltraumorganisation ESA hat einen Mülljäger namens `Clear Space-1` konstruiert. Diese Sonde soll erstmals 2025, die Oberstufe einer Rakete mit 112 kg Gewicht, in 700 Kilometer Höhe orten, ansteuern und mit den vier Tentakelarmen einfangen. Danach steuern sie dann die Erdatmosphäre an, um dort gemeinsam gefahrlos zu verglühen.

Eine weitere Idee der Forscher, Weltraumschrott einzufangen, wäre ein flexibles Fangnetz.

Die Erde

Niki meinte, auf sein Display schauend: „Wir befinden uns hier auf 410 Kilometer Höhe und werden eure Erde mit einer Geschwindigkeit von 7,6 Kilometer in der Sekunde umkreisen. In ungefähr 90 Minuten sind wir wieder hier. Bleibt weiterhin angeschnallt, wegen der Schwerelosigkeit." Mia und ich nickten. „Alles klar", sagte ich. „Gut, dann genießt den Anblick. Euer blauer Planet ist einer der schönsten, die ich je im Weltall gesehen habe. Alex, vielleicht kannst du mir berichten, was wir sehen, ich würde gerne mehr über diesen Planeten erfahren", forderte Niki mich auf. „Natürlich! Mach ich doch glatt", antwortete ich erfreut.

„Alle bereit?" Niki blickte sich nach Mia und Sputnik um. Unser Hund sah nicht allzu glücklich aus, war aber ruhig, weil Mia und ich bei ihm waren. Mia streckte ihren Daumen hoch und lächelte erwartungsvoll. „Okay, los geht's!" Niki drückte auf einen Knopf und wir flogen los.

Um uns herum war alles schwarz. Der Teil der Erdkugel, den wir momentan sahen, lag im Dunkeln. Klar, bei uns zu Hause war Nacht. Orange, gelbe Lichterbänder tauchten auf und verschwanden wieder. Weiße Wolkenfetzen unterbrachen die Dunkelheit. Dazwischen das Aufblitzen von grell, hellen Lichtern. Auf einmal tauchte ein heller, zartblauer Streifen am oberen Rand der Erdkugel auf, blitzte auf und verschwand. Ich war sprachlos wie zauberhaft unsere Erde von oben aussah. Ich hatte bereits Filmaufnahmen der Internationalen Raumstation ISS gesehen, aber das hier selbst live zu sehen, übertraf alles.

„Die orangen Lichtbänder müssen unsere Großstädte sein“, sagte ich zu Niki. Ein grasgrüner Leuchtstreifen tauchte auf unserer rechten Seite über der Erdoberkante auf. Zahlreiche gelbgrüne Schleier erschienen und wanden sich wie Geisterwesen. „Das sind Polarlichter, sie tauchen meistens an den Polen der Erde auf. Sie leuchten in den schönsten Farben, grün, gelb, lila und pink. Hier im Norden heißen sie Nordlichter am Südpol Südlichter. Unsere Erde ist an den Polen wegen der dort herrschenden Kälte mit Schnee und Eis bedeckt. Leider schmelzen die Gletscher und Eismassen aufgrund der weltweiten Klimaerwärmung“, erklärte ich unserem Freund. Mia staunte: „Schaut, es wird schon heller, die Sonne geht auf. Ist das schön!“, schwärmte sie. Vor uns erschienen die Umrisse eines großen Kontinents umgeben von den riesigen Weltmeeren. „Das muss Amerika sein und links von uns ist Südamerika. Diese große grüne Fläche ist der Amazonas-Regenwald, die grüne Lunge unserer Erde. Von hier oben sieht man erst, wie viel Regenwald gerodet und abgebrannt wurde. Das ist wirklich erschreckend!“, sagte ich schwer erschüttert. „Alex, was sind das für Flecken auf dem Meer?“, fragte mich Mia. „Hmm, ich habe eine Vermutung aber ich sehe es nicht richtig“, antwortete ich ihr. „Ich habe dein Fernglas eingepackt, siehst du es dann?“, entgegnete Mia. „Du hast an mein Fernglas gedacht?“, ich drehte mich erstaunt zu Mia um. Mia nickte eifrig und beugte sich unter ihren Sitz, öffnete die Klappe und zerrte ihren Rucksack heraus. Sie öffnete ihn und beförderte das Fernglas heraus und reichte es mir nach vorne. „Danke Mia, das war eine super Idee von dir“, lobte ich sie.

Ich war gerade dabei mein Fernglas scharf zu stellen als hinter mir Mia zu kichern begann. Das Gekicher wurde immer lauter und Sputnik fing freudig an zu bellen. Erstaunt schauten Niki und ich mich um. Aus dem Rucksack meiner Schwester stieg, wegen der

Schwerelosigkeit im All, in Zeitlupe eine Popcornwolke empor. Da Mia mit beiden Händen den Rucksack halten musste, versuchte sie nur mit dem Mund Popcorn zu ergattern. Der angeschnallte Sputnik schnappte gierig mit lautem Kläffen ebenfalls danach. Wir mussten alle lachen. Ich angelte mir ebenfalls Popcorn aus der Luft und schob es in den Mund. Niki machte es uns nach. Anerkennend meinte er: „Lecker!" Angegurtet an unseren Sitzen mussten wir die komischsten Verrenkungen vollführen um an das herumschwebende, süße Popcorn zu gelangen. Wir lachten ausgelassen und hatten viel Spaß bei unserer Jagd! Als wir fast alles Popcorn erwischt hatten verstaute Mia den Rucksack wieder unter ihren Sitz und ich konzentrierte mich auf mein Fernglas.

Suchend blickte ich auf die riesige Wasseroberfläche des Pazifischen Ozeans. Da vorne war eine komische Fläche zu sehen. Wie ich es mir bereits gedacht hatte, war es einer von vielen gigantischen Teppichen aus Plastik, die unsere Weltmeere verunreinigen. Kopfschüttelnd drehte ich mich zu meiner Schwester um. „Mia, diese großen Flecken im Meer, die du gesehen hast, sind Plastikmüll!" „Igitt, das ist ekelig! Warum machen wir Menschen sowas?", fragend sah sie mich an. „Plastik ist in der Herstellung günstig, hält Sachen lange frisch, ist stabil und leicht. Was ich überhaupt nicht verstehe ist, wenn Gegenstände oft mehrfach in Plastik verpackt sind. Bei der Fischerei landen unter anderem, etliche Netze im

Meer und schwimmen als Geisternetze umher. Plastik verrottet leider ausgesprochen langsam. Überall auf der Welt gibt es eine Flut von Einwegplastik und das muss entsorgt werden. Zum Teil wird Plastik wiederverwendet, viele Länder sind aber zu arm, um Mülltrennung zu machen. Oft landet das Plastik im Meer und schädigt die Umwelt und die Tiere.", hilflos zuckte ich die Schultern. „Kann man da nichts dagegen machen?", fragte Mia sorgenvoll. „Die Industrie muss umdenken und auch wir Einzelnen können darauf achten, möglichst wenig Dinge mit Plastik oder Plastikverpackung zu kaufen. Es gibt mittlerweile einige Umweltschutz Projekte, die versuchen Plastikmüll vom Meer einzusammeln", erwiderte ich.

„Schaut, da unten ist Australien!", rief ich begeistert. „Man kann sogar das Great Barrier Reef von hier aus, sehen. Es ist das größte zusammenhängende Korallenriff unserer Erde." Aufgeregt zeigte ich nach rechts. „Dies ist der flächenmäßig größte Kontinent unserer Erde. In Asien leben über 4 Milliarden Menschen, das ist mehr als die Hälfte unser gesamten Weltbevölkerung. Links von uns, der Kontinent der aussieht wie ein Herz, ist Afrika, der zweitgrößte Erdteil unseres Planeten. Vor uns befindet sich gleich das kleine Europa, da sind wir zu Hause." Niki hatte die ganze Zeit aufmerksam zugehört. „Ihr habt viel Erdmasse, das ist toll!", stellte er fest. „Na ja, ein Drittel ist Land, zwei Drittel sind Wasser", ergänzte ich. „Bei meinem Heimatplaneten gibt es viel weniger Land. Vor Tausenden von Jahren muss, laut Aufzeichnungen unser Planet ähnlich wie eure Erde ausgesehen haben", erzählte Niki traurig. „Bei uns gibt es keine Täler und Berge, keine Wiesen und Wälder mehr, keine Flüsse und Seen. Mein Planet besteht beinahe nur aus Salzwasser." Betroffen sahen Mia und ich Niki an. „Und wo lebt ihr dann?", wollte Mia wissen. „Auf den Berggipfeln, die aus dem Wasser ragen. Dort haben wir auf großen Plattformen unsere Städte erbaut." „Ah, darum die Flügel", kombinierte ich. Niki nickte. „Auf eurer Erde zu fliegen, das wäre bestimmt viel aufregender und schöner", antwortete Niki wehmütig. „Passt auf euren Planeten besser auf! Nachdem, was ich hier mitbekommen habe, ist es dringend nötig, etwas zu ändern!" Da konnte ich Niki nur zustimmen.

Infos zu: Satelliten

Ein **Satellit** ist ein künstlicher Raumflugkörper. Der erste Satellit startete am 04.10.1957 in der Sowjetunion. Er wurde \`Sputnik 1\` genannt und hatte einen Durchmesser von 58 cm. Am 03.11.1957 startete der zweite sowjetische Satellit \`Sputnik 2\` mit der Versuchshündin Laika an Bord. Er war erheblich größer und mit schweren Raketenendstufen fest verbunden.

Dieser Vorsprung der Sowjetunion war ein Schock für die USA. Am 31.01.1958 starteten die Amerikaner mit der \`Explorer 1\` ihren ersten Satelliten und holten in der Entwicklung sehr schnell auf.

Erdsatelliten umkreisen die Erde auf kreisrunden oder elliptischen Umlaufbahnen in unterschiedlichen Höhen. Beinahe 3.400 Satelliten kreisten Ende des Jahres 2020 um unsere Erde. Zu diesem Zeitpunkt gehörten fast 1.900 Satelliten der USA. China lag mit 400 Satelliten auf Platz zwei. Satelliten haben eine durchschnittliche Lebensdauer von zwölf bis 15 Jahren.

Es gibt: wissenschaftliche, kommerzielle und militärische Satelliten.

Wissenschaftliche Satelliten werden für die Erdbeobachtung und Forschung benutzt. Sie liefern zuverlässige Daten für die Wettervorhersage, Klimabeobachtung und der Veränderung der Land- und Wassermassen unserer Erde. Bei Umweltkatastrophen liefern sie genaue Daten für humanitäre Hilfsaktionen. Jeder Ort der Erde ist genau zu sehen.

Kommerzielle Satelliten werden für die Navigation und Kommunikation genutzt. Signale für Fernsehen, Radio, Internet und Telefon werden in Echtzeit an jeden Ort der Erde übertragen.

Militärische Satelliten werden zur Spionage und Feindabwehr benutzt.

Mit einem Abstand von 200 bis 2.000 Kilometer zur Erde, im niedrigsten Orbit, fliegen Spionagesatelliten, Erderkundungssatelliten, Wettersatelliten und bestimmte Kommunikationssatelliten. Im mittleren Erdorbit liegen die Bahnen vieler Navigationssatelliten. Eine besondere Bedeutung haben die geostationären Satelliten, sie befinden sich auf etwa 36.000 Kilometer Höhe, parallel zum Äquator. Hier sind die Umlaufgeschwindigkeit des Satelliten und die Rotationsgeschwindigkeit der Erde gleich. Für den Beobachter auf der Erde scheinen sie still zu stehen. Dies ist besonders für Fernseh- und Kommunikationssatelliten von Vorteil.

Um die Menschen in der ganzen Welt mit Internet zu versorgen, hat ein bekannter amerikanischer Unternehmer ein ehrgeiziges Projekt: Er möchte 42.000 Satelliten in der Höhe von rund 500 Kilometer über der Erdoberfläche positionieren. Im Juni 2021 waren bereits 1.800 der bisher genehmigten 4.400 Satelliten ins All gebracht worden.

Die Gefahren im Weltall steigen damit stetig.

Die Entscheidung

An dem Ausgangspunkt unserer Erdumrundung angekommen, stoppte Niki die Rakete. Es war wieder dunkel draußen. Unser Mond beleuchtete sanft den für uns sichtbaren Teil der Erdkugel. Der zartblaue Schleier der Erdatmosphäre lag wie eine schützende Hülle darüber. Gedankenverloren betrachtete ich unseren fantastischen Heimatplaneten. Niki betrachtete mich und meinte: „Überlegst du gerade, ob ihr mit mir weiterfliegt?" Ich sah ihn an.

„Würden wir es zeitlich noch schaffen, wieder zu Hause zu sein, bevor meine Eltern kommen?" Niki langte in seine Westentasche, holte das Kästchen heraus und tippte darauf herum. „Ja, wir könnten eine Abkürzung nehmen. Hier ist nach eurer Zeitrechnung Mitternacht 12 Uhr, dann hätten wir sogar noch Zeit etwas in eurem Sonnensystem anzuschauen." Er sah mich fragend an. „Ich will zum Mond! Filli will auch zum Mond!", krähte Mia von hinten. „Moment mal, Mia! Ich weiß überhaupt noch nicht, ob wir weiter mitfliegen", unterbrach ich sie. „Ich will aber!", erwiderte Mia trotzig. „Du hast selbst gesagt, so eine Gelegenheit kommt nie wieder!", fuhr sie fort. „Aber es kann gefährlich werden, Mia. Was ist, wenn etwas Schlimmes unterwegs passiert? Ich habe die Verantwortung für dich!", warf ich ein. „Ich habe keine Angst! Niki kennt sich im Weltall aus! Er beschützt uns!", protestierte sie.

Niki unterbrach unsere hitzige Diskussion. „Schaut mal kurz raus. Alex, was ist das?", wollte er von mir wissen. „Wahnsinn! Das ist die ISS, sie fliegt knapp an uns vorbei! Die ist gigantisch! Sehen die uns nicht?", fragte ich Niki erstaunt. „Natürlich nicht! Wir sind für sie unsichtbar", lachte Niki. „Was ist das eigentlich?", wollte er wissen. „Die ISS ist ein Satellit. Sie ist unsere größte, internationale Raumstation und wird seit 1998 mit Beteiligung von 16 Staaten unserer Erde betrieben. Sie dient zu rein wissenschaftlichen Zwecken. Sie ist 80 Meter lang, 88 Meter tief und 45 Meter hoch und wiegt 450 Tonnen. Wahnsinn! Sie ist sensationell!", rief ich begeistert von dem unerwarteten Anblick. Kurze Zeit später war sie am Horizont wieder verschwunden.

„Alex, ich will aber unbedingt zum Mond und Nikis Planeten will ich auch sehen", begann meine Schwester erneut. „Niki? Du passt auf mich auf, ja?", wandte Mia sich nun an Niki. Sie sah ihn fragend an und lächelte ihr süßestes Lächeln. „Natürlich! Keine Frage!", entgegnete Niki völlig überrumpelt. „Siehst du Alex. Wenn du Angst hast, dann fliegen ich, Filli und Sputnik eben allein mit Niki weiter", triumphierend sah sie mich an. Meine kleine raffinierte Schwester! Mia wusste genau, wie sie mich rumkriegt. Ich und Angst! „Du spinnst wohl!", rief ich erbost. „Denkst du echt, ich lass dich alleine mit einem Außerirdischen ins unendliche

Weltall fliegen?" „Na, dann ist ja alles geklärt. Wir fliegen zum Mond und dann weiter ins weite Universum", bestimmte Mia siegreich grinsend. Ich schlug meine Hände über den Kopf zusammen und gab auf.

„Okay, auf zum Mond. Alex, ich freue mich riesig, dass ihr mich begleitet. Glaubt mir, es wird spannend! Es gibt einige interessante Orte in anderen Galaxien, die ich euch zeigen möchte.“ Während Niki das sagte, tippte er in rasender Geschwindigkeit auf seinem Display herum. „Und los!“

„Jetzt habe ich erst mal Durst. Mag noch jemand Limo?“, fragend blickte Mia uns an. Ich nickte. Niki sagte: „Ich weiß nicht, was Limo ist, aber ich probiere gerne.“ Meine Schwester kroch halb unter den Sitz und beförderte drei Flaschen Limo samt Metallröhrchen aus ihrem Rucksack. „Hier Niki, für dich“, säuselte sie. Mir streckte sie die Limo hin, ohne mich dabei anzusehen. Wir schraubten den Verschluss auf und Mia versuchte aus der Flasche zu trinken. Es kam nichts. Sie schaute irritiert. „Komisch“, murmelte sie. Niki und ich schauten uns belustigt an. Sie probierte es noch einmal. Nichts. Ratlos blickte sie von Niki zu mir und wieder zu Niki. „Na, kleine Schwester, schon mal was von Schwerelosigkeit von Flüssigkeiten gehört?“, neckte ich sie. „Du musst etwas schütteln oder herausspritzen, dann wabert die Limo heraus und bildet eine Kugel, die du dann mit deinem Röhrchen aufsaugen kannst“, belehrte ich Mia. Als Dank erntete ich einen bösen Blick und ein „Klugscheißer!“, von ihr. Niki probierte vorsichtig mit dem Röhrchen an der Limo Kugel. „Nicht schlecht. Kann man trinken“, war sein Kommentar. Nachdem wir getrunken hatten, verstaute Mia die leeren Glasflaschen samt Röhrchen in ihrem Rucksack. „Niki? Dürfen wir uns abschnallen? Mir tut mein Hintern weh vom langen sitzen“, sie sah ihn mit ihren großen, blauen Augen, bittend an. Meine kleine Schwester konnte so eine Zicke sein. Schrecklich! „Na klar!“, antwortete Niki. „Passt aber auf und macht keine schnellen, ruckartigen Bewegungen. Sonst stoßt ihr euch an. Für Anfänger ist es nicht einfach sich in der Schwerelosigkeit sicher zu bewegen.“

Mia befreite zuerst unseren braven Hund Sputnik von seinen Gurten. Erfreut über seine wiedergewonnene Freiheit, schoss Sputnik von seinem Sitz hoch. Erschrocken aufjaulend segelte er in Zeitlupe über unsere Köpfe hinweg. Seine lange Zunge und die Ohren standen senkrecht nach oben weg. Der arme Kerl rumpelte mit dem Kopf voran an die harte Raketenwand. Quiekend machte er einen halben Salto und schwebte mit allen vier Beinen nach oben, wieder in unsere Richtung. Er strampelte nicht mehr wild herum, sondern befand sich sichtlich in einer Schockstarre. Mit beiden Händen pflückte ich unseren armen Hund aus der Luft und zog ihn auf meinen Schoss. Sputnik zitterte am ganzen Körper. Er hechelte vor

Aufregung wie eine Lokomotive. Beruhigend sprach ich auf ihn ein. „Mia, hast du zufällig die metallene Popcornschüssel in deinem Rucksack?“, fragte ich. „Ja, was willst du damit?“ „Ich bastle Sputnik einen Helm, damit sein Kopf geschützt ist“, erklärte ich ihr. Gesagt, getan! Zufrieden betrachtete ich mein Werk. Sputnik sah damit äußerst spacig aus. Echt cool!

„Was meint ihr? Soll ich mal euren Hund nehmen? Dann könntet ihr beide ausprobieren, wie es ist, sich in der Schwerelosigkeit zu bewegen. Würde Sputnik überhaupt bei mir bleiben?“ Unsicher guckte Niki mich an. „Bestimmt!“, riefen Mia und ich gleichzeitig. Wir waren beide versessen darauf die Schwerelosigkeit am eigenen

Leib zu erleben. Ich hob Sputnik rüber zu Niki, der ihn sogleich zärtlich streichelte. Unser Hund rollte sich zufrieden auf Nikis Schoss zusammen und genoss sichtlich die Streicheleinheiten. Niki lächelte glücklich und sprach leise mit ihm.

Mia und ich rissen uns die Gurte herunter. Endlich, endlich war es soweit, wir schwebten durch die Rakete. Unsere Haare standen lustig nach allen Richtungen, Mias Zöpfe ragte wie zwei Antenne in die Höhe. Wir machten Schwimmbewegungen, versuchten Purzelbäume, hüpften wie ein Känguru und lachten uns halb kaputt vor Gaudi. Ab und zu stießen wir auch irgendwo an, aber das war halb so schlimm. So viel Spaß hatten wir schon lange nicht mehr zusammen. „Schluss! Ich kann nicht mehr!", japste ich schließlich, völlig außer Atem. „Ich kann auch nicht mehr!", jammerte Mia. „Mir ist furchtbar schlecht." Sie wirkte total erschöpft und sah sehr blass aus. Sofort machte ich mir Vorwürfe, dass ich nicht eher aufgehört hatte. Besorgt sah ich sie an.

„Schön, dass ihr ausgetobt habt. Wir landen in zehn Minuten auf eurem Mond." Niki griff in eine seiner vielen Taschen, holte ein Bonbon heraus und reichte ihn meiner Schwester.

„Hier Mia, lass das Bonbon langsam auf der Zunge zergehen. Der hilft gegen die Raumkrankheit. Gleich geht's dir wieder blendend", schmunzelte er. Mia nahm das Bonbon und steckte es in den Mund. „Igitt, ist das bitter!", maulte sie und verzog angewidert das Gesicht zu einer Grimasse. Kurze Zeit später hatte sie wieder Farbe im Gesicht und krähte fröhlich: „Da ist der Mond! Mond, wir kommen!"

Infos zu: Schwerelosigkeit

Der menschliche Körper ist nicht für die **Schwerelosigkeit** gemacht.

Im Weltraum spürt man nahezu keine Gewichtskraft, wenn die Erdanziehungskraft der Erde zu schwach ist oder ganz fehlt. Man ist schwerelos.

Die Annahme, dass die Astronauten der Raumstation ISS aufgrund der weiten Entfernung zur Erde schwerelos schweben, ist nicht richtig. In der Höhe von circa 400 Kilometern, in der sich die Raumstation durchschnittlich aufhält, beträgt die Erdanziehungskraft noch fast 90 Prozent, ist demnach fast so groß wie auf der Erde selbst. Trotzdem schweben die Astronauten durch die Station. Diese Schwerelosigkeit ist nur möglich, wenn die ISS rasend schnell um die Erde saust.

Die herrschende Schwerelosigkeit ist für die Astronauten sehr anstrengend. Sie müssen täglich mindestens zwei Stunden Sport machen, damit die Muskeln und Knochen nicht zu sehr abbauen. Durch die Schwerelosigkeit oder Gewichtslosigkeit kann keine Kraft auf etwas ausgeübt werden.

Die Schwerelosigkeit verändert auch die Körperfunktionen. Bereits nach kurzer Zeit führt sie zu einer Umverteilung der Flüssigkeiten in Richtung Kopf. Dies führt zu roten oder geschwollenen Gesichtern.

Bei der sogenannten Raumkrankheit und der damit verbundenen Übelkeit ist der Orientierungssinn gestört. Das Gleichgewichtsorgan des Innenohrs kann nicht mehr zwischen oben und unten unterscheiden. Meist verschwindet diese nahe Form der Seekrankheit nach etwa drei Tagen wieder, wenn der Astronaut sich an seine Umgebung gewöhnt hat.

Es gibt verschiedene Angebote, die Schwerelosigkeit auch hier auf unserer Erde zu erleben. Eine Möglichkeit ist ein Parabelflug in einem Flugzeug, mit 10 bis 15 Parabeln von jeweils durchschnittlich 20 Sekunden Schwerelosigkeit. Weiter gibt es Bodyflying Angebote im Windkanal, in beinahe jeder Großstadt. Beim Tauchen kann man ebenfalls das Erlebnis der Schwerelosigkeit nachempfinde.

Der Mond

Zur Landung auf dem Mond hatten wir uns und Sputnik sicherheitshalber in den Sitzen angeschnallt. Wir schauten erwartungsvoll hinaus. Niki hatte einen tollen Landeplatz gewählt. Genau hier landeten vor vielen Jahren mit der „Apollo 11“, die Amerikaner Neil Armstrong und Buzz Aldrin als erste Menschen überhaupt auf dem Mond. Es war im Juli 1969, als Armstrong den berühmten Spruch sagte: „Ein kleiner Schritt für einen Menschen – aber ein gewaltiger Sprung für die Menschheit.“

„Schau Alex, da ist die amerikanische Flagge!“, rief Mia aufgeregt. „Habe ich gesehen. Und die Abdrücke von den Schuhen sieht man auch noch. Was willst du eigentlich hier, Mia?“, ich drehte mich zu ihr um und sah sie fragend an. Mia bückte sich und zerrte etwas aus ihrem Rucksack. Es sah aus wie ein großes Tuch. „Was ist das?“, fragte ich verwundert. Stolz hob sie es in die Höhe. „Tatatataaa! Das ist Fillis Glitzer-Einhorn-Fahne und die soll hier auf den Mond!“ Ungläubig starrte ich erst die Fahne und dann meine kleine Schwester an. Niki grinste bis zu beiden Ohren. Diese hässliche, pink-rosa Fahne mit Glitzer-Einhorn war der Grund für unsere Mondlandung. „Mia, du hast echt ´nen Knall! Das kann nicht wahr sein!“, stöhnte ich empört. „Wie stellst du dir das überhaupt vor? Wie willst du dieses grässliche Ding da rausbringen? Auf dem Mond gibt es keine Luft zum Atmen, aber davon hast du keine Ahnung, stimmt‘s! Außerdem herrscht hier eine Hitze von bis zu 180 Grad Celsius! Dein Projekt kannst du knicken!“ Mia wurde nachdenklich, man konnte richtig sehen, wie es in ihrem kleinen Kopf arbeitete. Plötzlich strahlte sie Niki an. „Niki, kannst du mir helfen? Hast du eine Idee? Fillis Fahne muss dringend auf den Mond. Weißt du, immer, wenn ich von zu Hause den Mond ansehe, denke ich dann an dich!“ Sie blickte ihn treuherzig mit ihren blauen Augen an.

Unsicher guckte Niki zu mir. Ich zuckte nur kopfschüttelnd mit den Schultern. „Wir könnten den Mond betreten, wenn ihr möchtet, ich habe Raumanzüge dabei.“ Überrascht schaute ich ihn an. Das war die Gelegenheit. Seit 1972 war kein Mensch mehr auf dem Mond und davor waren es gerade mal zwölf Astronauten. „Diese Raumanzüge passen uns und sind wirklich geeignet für den Mond“, hakte ich nach. „Selbstverständlich! Was denkst du denn?“, entgegnete Niki empört. „Meine Leute reisen seit Ewigkeiten im Universum und besuchen fremde Planeten. Unsere Technik ist um einiges weiterentwickelt als bei euch Anfängern!“ Abwehrend hob ich die Hände. „Ist schon gut! Tut mir leid! So habe ich das nicht gemeint! Ich vertraue dir, Niki.“ Niki sah mich zerknirscht an. „Alex, mir tut es auch leid, dass ich ausgerastet bin und Anfänger gesagt habe.“

„Wenn ihr zwei mit dem Entschuldigen fertig seid, können wir uns endlich anziehen und raus auf den Mond“, nörgelte die genervte Mia. „Niki, wo sind jetzt deine Raumanzüge?“ Niki öffnete seine Gurte vom Sitz und begab sich zu einer Klappe an der Raketenwand. Dort schnallte er seine Flügel ab und hängte sie vorsichtig an einen Haken. Er holte drei flach zusammengelegte schwarze Päckchen aus dem Fach. „Für Sputnik habe ich keinen, euer Hund muss in der Rakete bleiben.“, meinte er. Sputnik war sicher froh darüber.

Wir befreiten uns ebenfalls von den Gurten und nahmen die Päckchen in Empfang. Sputnik durfte von seinem Sitz und war sichtlich froh, dass er laufen konnte und nicht mehr schwebte. Er schnüffelte begeistert am Boden herum. „Auseinander falten und dann wie einen Overall anziehen“, erklärte uns Niki. Mias Anzug wirkte vier Nummern zu groß. Skeptisch schaute ich sie an. „Drückt auf den Knopf links oben am Anzug“, fuhr er fort. Wie von Zauberhand passte sich jeder Raumanzug perfekt dem Körper an, sogar Hände und Füße waren mit im Anzug. „Drückt den Knopf auf der rechten Seite oben. Danach sofort den Knopf darunter“, ordnete er weiter an. Die Kapuze des Anzugs stülpte sich über unsere Köpfe und verschloss sich automatisch, luftdicht mit dem Anzug. Ein großes, getöntes Sichtfenster für die Augen ließ den Blick frei. Hektisch drückte ich den Knopf darunter und Sauerstoff strömte zuerst um meinen Kopf und dann zwischen Körper und Raumanzug. Ich sah zu Mia. Gut. Bei ihr hatte auch alles perfekt funktioniert. Wir sahen fantastisch futuristisch aus. Das anfängliche Schwarz der Anzüge hatte sich in Weiß und Silbergrau verwandelt. Niki bemerkte meinen irritierten Blick. „Alex, euer Raumanzug passt sich optisch immer der aktuellen Umgebung an“, informierte er mich sogleich. Wie cool ist das denn! „Für wie lange reicht der Sauerstoff?“, wollte ich wissen. „Lange genug! Lasst uns nach unten gehen.“ Ich streichelte Sputnik und sagte: „Pass schön auf Sputnik! Wir sind gleich wieder da.“ Mia schnappte sich schnell ihre Fahne und klemmte sich ihr Einhorn Filli unter den Arm. Wir stiegen durch die Luke, dann die Treppe hinunter in den unteren Teil der Rakete. „Mond wir kommen!“, juchzte Mia glücklich.

Wir gingen durch eine Schleuse und standen schließlich vor der Ausgangstür. Niki tippte auf dem Display neben der Tür einen Code ein und die Tür sprang geräuschlos auf. Die graue, staubige Mondoberfläche lag vor uns. Nacheinander verließen wir die Rakete. „Was ist das denn? Ich fühle mich leicht wie eine Feder“, rief Mia begeistert. „Das kommt daher, weil der Mond weniger Anziehungskraft als die Erde hat. Genau genommen 1/6 weniger. Wenn man auf der Erde zum Beispiel 60 Kilogramm Gewicht hat, fühlt es sich auf dem Mond wie 10 Kilogramm an“, erklärte ich meiner Schwester. „Was du alles weißt. Klugscheißer!“, grinste sie. Zielstrebig machte sie sich auf den Weg zur amerikanischen Flagge. Dort angekommen versuchte sie vergeblich ihre rosa Fahne an der Stange festzubinden. „Verflixt, diese blöden Lufthände“, schimpfte sie. „Könnt ihr mir mal helfen?“, fragte sie verzweifelt. Ich schüttelte den Kopf. Niki erbarmte sich und knotete die peinliche Einhorn-Fahne fest an die Stange.

Zufrieden betrachtete Mia sein Werk. „Vielen Dank, das war total lieb von dir“, sagte sie zuckersüß und ging stolz mit Filli rundherum.

Ich hoffte von ganzen Herzen, das kein Mensch mehr auf den Mond kommt und diese Missetat sieht. Hier vor mir, war die originale, amerikanische Flagge, die Neil Armstrong in den Händen gehalten hatte. Mehr als 500 Millionen, nein, fast 600 Millionen Menschen haben damals weltweit, dieses sensationelle Ereignis am Bildschirm verfolgt. Nun hing unter dieser berühmten Fahne, die Glitzer-Einhorn-Fahne meiner kleinen Schwester. Das war wirklich schlimm! Zum Glück würde nie jemand erfahren, woher diese schreckliche Fahne stammt. Es wäre ein weiteres Rätsel für die Menschheit. Bei der Vorstellung musste ich kichern.

Ich drehte mich um und betrachtete die Landschaft. Es war windstill. Natürlich, es gab keine Lufthülle um den Mond. Überall war feinpudriger Staub. Ich sah jede Menge Krater, verursacht von Meteoriten. In der Ferne waren viele Gebirgszüge zu erkennen. Ich hatte gelesen, dass sie zum Teil 4000 Meter hoch sind. Es soll hier auch trockene Tiefebenen geben mit riesigen, mit kalter Lava gefüllten Kratern. Das sind die dunklen Flecken auf dem Mond, die man von der Erde aus sieht. Ansonsten war hier nicht viel los.

„Lasst uns zurück zur Rakete gehen. Wir überlegen dort, was wir weiter machen“, sagte ich. Mia hüpfte frohgemut mit Filli unterm Arm voraus. Niki folgte uns.

Infos zu:
Monde

Monde, auch natürliche Satelliten oder Trabanten genannt, sind kleinere Himmelskörper, die Planeten umlaufend begleiten.

Unser **Mond** ist der einzige natürliche Satellit unserer Erde. Er ist rund 400.000 Kilometer von der Erde entfernt. Er ist mit einem Durchmesser von 3.474 Kilometer, ein Viertel so groß wie die Erde. Unsere Sonne dagegen, ist vierhundert Mal größer.

Unser **Mond** leuchtet nicht selbst, er wird von der Sonne angestrahlt. Den größten Teil des Sonnenlichts verschluckt er, lediglich 12 Prozent werden reflektiert.

Unser **Mond** beeinflusst unsere Erde sehr. Er verursacht die Ebbe und Flut der Meere. Das heißt, er lässt das Wasser der Ozeane hin und her schwappen. Man denkt, dass diese Gezeitenwirkung wichtig für die Entwicklung der Lebewesen war. Denn, das Leben begann im Wasser. Die Erde übt eine Anziehungskraft auf den Mond aus, unser Mond aber auch auf die Erde. Diese Anziehungskraft des Mondes hat einen positiven Effekt auf die Erde, die Erdachse wird durch sie stabilisiert. Durch die geneigte, aber stabilisierte Erdachse entwickeln sich die Jahreszeiten ohne große Extreme.

Der **Mond** umkreist die Erde in 29,5 Tagen. Gemeinsam umkreisen Erde und Mond unsere Sonne. Unser Mond wird von der

Sonne immer nur zur Hälfte angestrahlt. Auf der Mondhälfte herrscht 14 Tage Sonnenschein und 14 Tage Dunkelheit im Wechsel. Da unser Mond keine Lufthülle hat, trifft die Hitze der Sonnenstrahlen direkt auf die Oberfläche des Mondes und es können Temperaturen bis zu 180 Grad Celsius entstehen. Während der Dunkelheit sinken die Temperaturen auf dem Mond bis zu – 180 Grad Celsius.

Die monatlichen Mondphasen sind:

Neumond – zunehmender Sichelmond – Halbmond – bis hin zum Vollmond und wieder zurück. Bei Vollmond befinden sich Sonne und Mond genau gegenüber.

Laut wissenschaftlicher Forschung befinden sich etwa 180 Monde in unserem Sonnensystem. Um die Planeten Merkur und Venus kreisen keine Monde. Um den Mars kreisen zwei Minimonde. Jupiter hat 79 Monde, Saturn 62, Uranus 27 und Neptun 14.

Alarmstufe Rot

Niki öffnete die Tür zur Rakete. „Mia, Alex, bleibt in der Schleuse stehen, wir müssen uns absprühen lassen“, sagte er. Erstaunt blickte ich ihn an. „Beim Aufbruch von der Erde sind wir nicht besprüht worden“, stellte ich fest. Niki verzog sein Gesicht und verdrehte die Augen. „Ich weiß, ich hatte es vergessen. Sagt bloß nichts meinen Eltern, sonst bekomme ich mega Ärger! “, antwortete er zerknirscht. „Man muss total aufpassen, dass man keine Viren, Bakterien, Pilze oder sonst was, zu anderen Planeten schleppt.“ Ich nickte wissend. Ein feiner Sprühnebel hüllte uns ein. Danach kam ein sanfter Wind und die Schleuse öffnete sich. Wir stiegen die Treppe hoch. Sputnik begrüßte uns ausgelassen, als wir den Steuerraum betraten. Er sprang um uns herum, winselte und kläffte vor Freude, sein Schwanz wirbelte wie ein Propeller. „Ist ja gut. Bist ein braver Hund. Wir sind ja wieder da!“ Mia und ich knuddelten ihn anständig durch, bis er sich wieder beruhigt hatte.

„Drückt an euren Raumanzügen zuerst den Knopf rechts unten, danach links unten, dann könnt ihr ihn ausziehen“, erklärte Niki. Ruckzuck waren die Anzüge ausgezogen. Niki legte sie zurück ins Fach. Er warf sich in seinen Sessel und streckte die langen Beine mit den seltsamen Krallenfüßen, gelassen von sich. „So, ihr Menschenkinder, was wollt ihr jetzt machen?“ Er sah uns fragend an.

Ich blickte zu Mia, die zustimmend nickte. „Wir möchten unbedingt sehen, wo du lebst, wie dein Planet aussieht. Das wäre super!“, sprach ich für uns beide. „Dann auf in weit entfernte Galaxien!“, grinste Niki und tippte auf seinem Display herum. „Alle anschnallen bitte, es geht weiter!“, überbrüllte er den ansteigenden Lärm der Raketendüsen. In Sekundenschnelle war unser Hund angeschnallt. Mia und ich stürmten zu unseren Sitzen. Das hohe Pfeifen ertönte, dann der Knall und ab ging es ins unendliche Universum. Diesmal kreischten wir vor Vergnügen, als wir mit aller Kraft in die Sitze gepresst wurden. Nach kurzer Zeit wurde es ruhiger. Wir schauten hinaus. Erde und Mond lagen hinter uns. Vor uns war endlose Dunkelheit und Unmengen leuchtender Sterne. Ich wurde langsam müde vom rausschauen. Mia schnarchte leise hinter uns.

Plötzlich begann Sputnik fürchterlich an zu jaulen und aufgeregt zu bellen. Mit einem Schlag waren wir alle hellwach. „Alex, was hat euer Hund?“, fragte Niki erschrocken. „Das bedeutet Gefahr!“, flüsterte ich und schaute mich mit großen Augen besorgt um. „Wahrscheinlich hat euer Hund schlecht geträumt“, meinte Niki daraufhin. „Nein! Er bellt und ist wach! Da stimmt was nicht!“, verteidigte ich Sputnik. Auf einmal fing das Display vor Niki an rot zu blinken, eine Sirene mit schrillem Heulton ertönte. Mia begann völlig verwirrt, zu schluchzen.

Der Hund bellte wie verrückt, die Sirene heulte und Mia weinte. „Ruhe!“, brüllte Niki. „Da kann man sich nicht konzentrieren bei diesem Krach! Bei Notsituation muss man Ruhe bewahren!“ Hastig tippte er auf seinem Display herum. Der Heulton verstummte und der Alarm piepste nur noch aufgeregt. „Aha, da kommt ein riesiger Asteroid auf uns zugerast, wir müssen schleunigst ausweichen! Kein Problem, ich muss lediglich den Steuerhebel nach rechts …, verdammt! Was ist jetzt los? Der bescheuerte Hebel klemmt!" Niki schaute mich mit seinen großen, gelben Augen entsetzt an. „Niki, lass das! Damit macht man keine Scherze! Das ist nicht lustig!", schnauzte ich ihn heftig an. „Alex, das ist bitterer Ernst! Der

Steuerhebel klemmt! Er klemmt wirklich!", rief Niki mit panischer Stimme. Er packte den Hebel mit beiden Krallenhänden und versuchte mit aller Kraft ihn zu bewegen. Schweiß erschien auf seiner Stirn vor Anstrengung und Aufregung. Es knackte und Niki hielt den in zwei Teile zerbrochenen Hebel in den Händen. Voller Entsetzen sahen wir uns an. Mia fing wieder an hysterisch zu weinen. Wir werden mit dem Asteroiden zusammenprallen und in Tausende Stücke zertrümmert, ging es mir durch den Kopf. Ich sollte auf meine kleine Schwester aufpassen und jetzt? Ich musste eine Lösung finden, noch war es nicht zu spät.

„Niki, kannst du den Antrieb der Rakete stoppen? Wir müssen unbedingt langsamer werden, um Zeit zu gewinnen!" Niki drückte sofort den Aus Knopf. Ich begutachtete währenddessen das restliche Überbleibsel von der Steuerung. Da gab es noch zwei intakte Löcher von der Befestigung, wenn man da … Ich hatte einen Geistesblitz. „Mia, gib mir ganz schnell ein Metallröhrchen aus deinem Rucksack! Schnell!", rief ich. Niki starrte traurig auf den Bildschirm. „In fünf Minuten ist es vorbei", sagte er erstaunlich gefasst. „Nichts ist vorbei! Hilf mir lieber!", schrie ich ihn an. „Einfach aufgeben, gibt's nicht!" Mia reichte mir mit zittrigen Händen das Metallröhrchen. Ich schob es mit ebenso zittrigen Händen in die beiden Löcher. Es passte perfekt hindurch. „So Niki, jetzt müssen wir ganz vorsichtig drehen, erst leicht nach links. Okay. Jetzt nach rechts. Gut so! Es klappt! Was meinst du?" Niki blickte gebannt auf den Bildschirm. „Ja, es scheint zu funktionieren. Noch weiter nach rechts! Wenn wir Glück haben, schaffen wir es vorbei! Es wird verdammt knapp!", murmelte er. „Alex, Niki! Da! Schaut mal nach vorne!", kreischte Mia und zeigte aufgeregt in Fahrtrichtung. Vor uns erschien eine riesige, graue Felswand, die in rasender Geschwindigkeit auf uns zu schoss. Wir wurden kreidebleich vor Entsetzen. Sputnik winselte. Gleich war es so weit. In ein paar Sekunden … Ich schloss die Augen und begann zu beten. Da knallte links etwas an unsere Rakete, sie machten einen Satz nach rechts und schlingerte gefährlich. Wieder ein Rums und es erklang ein fürchterlicher, kreischender Ton an der rechten Raketenwand. Unsere Rakete schrammte an dem Stein entlang. Dann folgte unheimliche Stille. Ich riss die Augen auf. Wir flogen rückwärts. „Die Rakete muss sich am Asteroiden verhakt haben! Er reißt uns mit sich!", mutmaßte Niki. „Ich starte die Triebwerke unserer Rakete. Das ist die einzige Möglichkeit uns zu befreien. Wünscht uns Glück!" Ich griff mit meinem Arm nach hinten zu meiner kleinen Schwester. Wir fassten uns bei den Händen. „Mia, wir schaffen das, wir kommen hier heil raus! Ganz bestimmt!", versuchte ich sie zu beruhigen. Mia nickte, schluchzend und mit schniefender Nase sah sie mich vertrauensvoll an.

Unter uns begann es zu dröhnen und zu wackeln, es wurde laut. Das hohe Pfeifen erklang.

„Mit voller Schubkraft voraus!", brüllte Niki. Nach dem darauffolgenden Knall tat sich erst mal nichts. Wir sahen uns an. Ein Ruck fuhr durch die Rakete und wir schossen in die Höhe. Noch nie hatte ich das Gefühl, in den Sitz gequetscht zu werden, so genossen, wie jetzt! Wir waren frei! Wir hatten es geschafft!

Völlig außer Rand und Band jubelten und lachten wir los. „Juchhuuu! Wir leben!“ Wir fassten uns bei den Händen. „Wir sind ein super Team! Das Beste! Gemeinsam schaffen wir alles!“, rief ich erleichtert und glücklich. Sputnik kläffte fröhlich mit.

INFOS ZU:
Sonnensystem

Beim **Sonnensystem** handelt es sich immer um unser Planetensystem. Andere Planetensysteme haben im Gegensatz zu uns, mehrere Sonnen. Das Planetensystem umfasst die Sonne, die sie umkreisenden Planeten und deren natürlichen Satelliten, die Zwergplaneten und andere Kleinkörper (Kometen, Asteroiden, Meteoroiden), die durch die Anziehungskraft der Sonne an sie gebunden sind.

Die Sonne ist der Zentralstern des Sonnensystems.

Vor etwa 4,6 Milliarden Jahren ist unser Sonnensystem entstanden. Aus einer Wolke aus Gas und Staub. Aus einem Teil des Geröllhaufens entwickelten sich unsere Planeten. Der Rest, die Kometen und Asteroiden, schweben bis heute um die Sonne herum.

Im inneren Teil unseres Planetensystems befinden sich die terrestrischen Planeten: Merkur, Venus, Erde, Mars.

Merkur befindet sich der Sonne am nächsten, er umkreist die Sonne in 88 Tagen und ist somit der schnellste Planet in unserem Sonnensystem. Seine Oberfläche erreicht eine Temperatur von 427 Grad Celsius, die Strahlungsenergie der Sonne ist enorm.

Venus hat eine sehr dichte, vor allem aus Kohlenstoffdioxid bestehende Atmosphäre, das führt zu einem extremen Treibhauseffekt.

Die Oberflächentemperatur beträgt bis zu 465 Grad Celsius mit nur geringen Schwankungen.

Auf beiden Planeten haben Menschen keine Überlebenschance.

Im äußeren Teil unseres Planetensystems befinden sich die Gasplaneten: Jupiter, Saturn, Uranus, Neptun.

Jupiter ist der größte Planet unseres Sonnensystems mit einem Durchmesser von rund 143.000 Kilometern. Er hat eine Umlaufzeit um die Sonne, von 12 Jahren. Er hat keine feste Oberfläche, fast der ganze Planet besteht aus Gasen. Er könnte einen festen Kern haben.

Saturn ist der zweitgrößte Planet und hat als Gasplanet ebenfalls keine feste Oberfläche. Er hat eine Umlaufzeit von 29 Jahren. Man fand heraus, dass die Ringe um den Saturn aus Staubkörnern, Eiskristallen und Gesteinsbrocken bestehen.

Uranus ist ein Eis Riese und benötigt 84 Jahre zum Umkreisen der Sonne. Die Temperatur an seinen Wolken beträgt minus 214 Grad Celsius.

Neptun, sein Innenleben besteht ebenfalls aus Eis. Er hat eine Umlaufzeit von 165 Jahren und es herrschen Temperaturen von minus 220 Grad Celsius.

Der Mars

Nachdem wir uns alle einigermaßen beruhigt hatten, sagte Niki: „Ich frag mich die ganze Zeit wie Sputnik uns vor meinem Alarmsystem warnen konnte. Wie kann das sein?“ Ich zuckte mit den Schultern. „Sie spüren das einfach, keine Ahnung wie.“ Niki drehte sich im

Sitz um und schaute Sputnik anerkennend an. „Da habt ihr aber ein tolles Frühwarnsystem.“

Sputnik merkte genau, dass über ihn geredet wurde, er legte den Kopf schief und beobachtete uns mit seinen klugen Augen. „Alex, du warst auch nicht schlecht, die Idee mit dem Metallröhrchen war genial. Du hast super reagiert!“, anerkennend klopfte Niki mir auf die Schulter.

„Wir müssen auf alle Fälle zuerst, unsere Schäden an der Rakete reparieren. Es ist viel zu gefährlich, so weiter zu fliegen. Alex, weißt du einen Planeten in eurem Sonnensystem, der geeignet für eine Landung ist?“ Niki sah mich fragend an. „Wo befinden wir uns gerade? Ich vermute wir sind im sogenannten Asteroidengürtel unterwegs. Zwischen Mars und Jupiter.“, dachte ich laut nach. “Wir müssen ein Stück zurückfliegen, zu unserem roten Planeten Mars. Das ist die einzige Möglichkeit. Er ist der einzige erdähnliche Planet mit einigermaßen erträglichen Temperaturen.“ Niki studierte sein Display. „Okay, rötlicher Planet. Ich habe ihn gefunden.

Euer Mars ist nicht allzu weit entfernt, das machen wir. Alex, du musst mir mit der Steuerung helfen, damit dieses Metallröhrchen nicht bricht." Ich nickte und zusammen brachten wir die Rakete auf neuen Kurs Richtung Mars.

„Mein – Vater – erklärt – mir – jeden – Sonntag – unseren – Nachthimmel!", plärrte Mia von hinten. Niki blickte irritiert nach hinten. „Was ist los?", fragte er. „Mein – Vater – erklärt – mir – jeden - Sonntag – unseren – Nachthimmel!", wiederholte Mia. „Die Anfangsbuchstaben! Das ist eine Eselsbrücke!" „Eine was?", verwundert guckte Niki zu mir.

„Ich versteh sie nicht!" Ich musste lachen. „Dieser Spruch soll Kindern helfen, dass sie sich die Reihenfolge der Planeten unseres Sonnensystems besser merken können. Mia, kennst du auch die Planeten?", fragte ich meine kleine Schwester. „Natürlich!", sagte sie stolz. „Merkur – Venus – Erde – Mars – Jupiter – Saturn - Uranus – Neptun." „Sehr gut, kleine Schwester.", lobte ich sie.

„Gleich kommt der Mars in Sichtweite. Schaut mal mit nach einem geeigneten Landeplatz. Wir suchen eine ebene, freie Fläche", bat uns Niki. „Alex, was weißt du über diesen

Planeten? Habt ihr Menschen ihn schon betreten? Ich kenne ihn überhaupt nicht." „Nein, hier war noch kein Mensch. Wir haben Satelliten in der Umlaufbahn des Mars und es sind einige Robotersonden auf der Marsoberfläche gelandet. Irgendwann, in nächster Zukunft ist eine Marsmission geplant." Niki fragte weiter: „Gibt es Atemluft? Wie sind die Temperaturen? Weißt du darüber etwas?"

„Klar doch, wir brauchen auf jeden Fall Sauerstoff, weil die Atmosphäre sehr dünn ist. Der Mars ist ein kalter Wüstenplanet mit ungefähr ein Drittel der Anziehungskraft unserer Erde. Es gibt Temperaturen zwischen minus 125 und plus 35 Grad Celsius", erklärte ich. „Das ist eine super Information, Alex! Mit unseren Raumanzügen alles kein Problem."

„Da vorne ist er, der Mars!", rief Mia aufgeregt. „Wir sollten in der nördlichen Hälfte landen, da soll das Klima angeblich am erträglichsten sein", ergänzte ich mein Wissen. „Okay, suchen wir dort nach einem Landeplatz!" Niki drosselte die Schubkraft der Rakete und wir schwebten hoch oben, über der Marsoberfläche. Ich nahm mein Fernglas, stellte es scharf und suchte nach einer Ebene. „Da, links von uns sieht es gut aus. Da können wir landen!", verkündete ich nach einiger Zeit. Wir steuerten die geeignete Stelle an und landeten sanft auf der Oberfläche des roten Planeten. „Perfekte Landung! Findet ihr nicht?", grinste Niki selbstgefällig. „Jetzt muss ich als Allererstes den Steuerknüppel reparieren und den Fehler finden, warum er klemmt." Wir schnallten uns ab. Sputnik hüpfte und tollte herum wie ein Irrer. Niki überprüfte konzentriert seine Armaturen. Sein Blick wanderte zu der Bodenplatte, in der die Konsole versenkt werden konnte. „Was ist das denn?", fragte er überrascht. Niki bückte sich und zog ein Stück Kabel heraus. „Das ist ja total zerfetzt. Wie kann das sein?", sprach er zu sich selbst. Mia und ich, wir schauten uns an. Das konnte nur eins bedeuten: Sputnik!

„Ähm, das könnte unser Hund gewesen sein", erklärte ich kleinlaut. „Sputnik ist noch jung und übermütig, er kann gar nichts dafür“, nahm Mia ihn in Schutz. Als Sputnik merkte, dass wir alle ihn anschauten, setzte er sich brav hin. Schwanzwedelnd und mit totalem Unschuldsblick, guckte er uns fragend an. „Euer Hund hätte uns fast das Leben gekostet“, stellte Niki fest. „Er darf nicht mehr alleine im Steuerraum sein, versprecht mir das!“ Wir nickten zerknirscht. Niki beugte sich zu Sputnik hinunter und knuddelte ihn durch. „Du schlimmer Hund, mach das nie wieder!“ Zu uns gewandt, meinte er lächelnd: „Man kann ihm einfach nicht böse sein, der netten Schnuffelnase.“

Niki ging zu einer Klappe an der Raketenwand und entnahm Werkzeug und ein neues Stück Kabel. Geschickt reparierte er alles. Die Steuerknüppelteile bestrich er mit einer seltsamen, blauen Paste und fügte sie wieder zusammen. Der Knüppel sah aus wie neu. Ruckzuck war er wieder eingebaut. „Alex, wir beide ziehen jetzt unsere Raumanzüge an und Mia, du bleibst bei dem Hund“, bestimmte Niki. Mia wollte schon protestieren, besann sich aber noch und nickte brav. Schnell zogen wir die Anzüge an und begaben uns nach unten. Niki nahm aus einer Kammer im unteren Teil der Rakete einen Gegenstand heraus, der aussah wie eine große graue Gasflasche. „Das brauchen wir bestimmt“, sagte er zu mir gewandt. Wir gingen durch die Schleuse und Niki öffnete die Luke mit dem Code. Die Tür schwang auf und der rote Sand des Mars war vor uns. Wir stiegen aus.

Da kam es mir in den Sinn: Ich, Alex, war der erste Mensch, der den Planeten Mars betrat. Eine Welt-Sensation! Aber niemand, außer Mia, konnte mir glauben. Das war echt schade.

Niki ging zielstrebig auf die andere Seite der Rakete und begutachtete den Schaden. „Ich habe es mir viel schlimmer vorgestellt. Alex, hilf mir mal bitte mit dem Absprühen.“ Ich fand, dass die Rakete schrottreif aussah. Sie hatte zahlreiche große Dellen und Schrammen über die ganze Länge. Gemeinsam hoben wir dieses gasflaschenähnliche Teil an die unterste beschädigte Stelle. Niki begann zu sprühen. Ich staunte nicht schlecht, als wie von Zauberhand die Flüssigkeit nach oben wanderte und alle Schrammen und auch Dellen verschwanden. Was für eine coole Technik. „Wahnsinn!“ Niki ging ein paar Schritte zurück und begutachtete zufrieden seine Rakete. „Fertig!“

Auf einmal hörte ich wildes Klopfen und blickte nach oben. Mia stand an einem der Bullaugen und hämmerte mit ihren kleinen Fäusten auf die Scheibe ein. Aufgeregt deutete sie in die Richtung hinter uns. Wir sahen uns um. Eine gewaltige Staubwand bewegte sich in rasender Geschwindigkeit auf uns zu. Nichts wie weg hier! Wir rannten in rekordverdächtiger Zeit zur Luke und stürzten ins Innere der Rakete. Tür zu, ab in die Schleuse und schnell die Treppe rauf. Im Steuerraum angekommen schaltete Niki sofort die Triebwerke ein und zog zugleich den Raumanzug aus. „Sofort anschnallen!“, brüllte er. Ich hatte bereits den Anzug in Windeseile ausgezogen. Ein prüfender Blick zu Mia. Sie hatte Sputnik bereits angeschnallt und war auch fertig. Ich schickte ihr ein Daumen hoch. Gerade noch rechtzeitig starteten wir in neue, aufregende Abenteuer.

INFOS ZU:
Mars

Der **Mars** zählt zu den vier erdähnlichen (terrestrischen) Planeten und befindet sich im inneren Teil unseres Sonnensystems. Er ist mit einem Durchmesser von 6.800 Kilometern etwa halb so groß wie die Erde. Seine Entfernung von der Sonne beträgt 227.900.000 Kilometer und seine Umlaufzeit um die Sonne sind 687 Tage. Auf der Oberfläche des Mars können innerhalb eines Tages, extreme Temperaturschwankungen zwischen minus 125 und plus 35 Grad Celsius herrschen. Riesige, rote Staubstürme mit bis zu 400 Kilometer die Stunde fegen über seine Oberfläche. Seine Landschaft ist durch zahlreiche Vulkanausbrüche und Meteoriteneinschläge geprägt.

Olympos Mons, ein erloschener Krater, hat an seinem Fuß einen Durchmesser von circa 500 Kilometer, der Krater einen Durchmesser von 80 Kilometer. Er ist 26 Kilometer hoch und damit der höchste Punkt auf dem Mars. Unser Mount Everest würde dreimal in diesen Krater hineinpassen. Eine weitere, außergewöhnliche Landschaft auf dem Mars ist das sogenannte Valles-Marineris, ein gigantisches Canyon-System. Mit 7.000 Meter Tiefe und 4.000 Kilometer Länge, um ein Vielfaches größer als der Grand Canyon in Amerika.

In den arktischen Regionen des Mars hat man Eisvorkommen entdeckt. In nördlicher Pol-nähe befindet es sich offen an der Oberfläche. Am Pol im Süden wird die Eisschicht zusätzlich von einer dicken, gefrorenen Kohlendioxidschicht überdeckt. Unter den schützenden Staubschichten im Landesinneren wird ebenfalls Wassereis vermutet, genauso wie größere Wasservorkommen tief im Marsinneren.

1965 funkte die US-Raumsonde „Mariner 4“, die ersten Bilder, vom trostlosen Wüstenplaneten Mars zur Erde. 1976 landeten erstmals Robotersonden auf der Marsoberfläche. Von den bisher gestarteten 30 Marsmissionen waren lediglich ein Drittel erfolgreich. Ursache dafür, ist sicherlich auch die riesige Entfernung von 370 Millionen Kilometer von der Erde zum Mars. Das ist die 1000-fache Entfernung von Erde – Mond.

Bei dem heutigen Stand der Technik benötigen die Raumfahrzeuge laut Berechnungen der NASA sechs bis acht Monate Flugzeit zum Mars. Für eine Kurzzeitmission zum Mars kalkulieren sie mit 505 Tagen.

Koa

In sicherer Entfernung vom Planeten Mars drehte sich Niki zu Mia um. „Mia, das war Klasse, dass du uns gewarnt hast! Es hätte schlimm ausgehen können, wenn dieser gewaltige Staubsturm uns erwischt hätte.“ Mia wurde rot vor Verlegenheit. „Sputnik hat mich gewarnt“, gab sie leise zu. „Du hast trotzdem super reagiert! Danke Mia!“, schmunzelte Niki.

„Was haltet ihr davon, wenn wir bald euer Sonnensystem verlassen und eine andere Galaxie ansteuern. Ich kenne da einen Planeten, den ich euch gerne zeigen würde. Ich habe dort Freunde, die ich euch vorstellen möchte“, sagte Niki. „Klar doch! Wie sieht es auf diesem Planeten aus? Deine Freunde, wie sehen die aus?“, fragte ich neugierig. „Lasst euch überraschen“, meinte Niki geheimnisvoll und grinste in sich hinein.

„Mia, schau! Da rechts von uns ist ein riesiger Komet! Siehst du ihn?“, ich zeigte nach draußen. Mia nickte. „Cool, der hat einen richtig langen Schweif.“ „Ja, im wahrsten Sinne, cool! Kometen sind gigantische, schmutzige Schneebälle. Entstanden sind sie zwischen unseren Eisriesen Uranus und Neptun, am äußersten Rand unseres Sonnensystems“, erklärte ich ihr. „Alex, du weißt echt viel. Das ist supi!“, bewundernd sah sie mich an.

„Wir verlassen jetzt euer Planetensystem. Noch ein paar Minuten und wir landen auf dem Planeten Koa“, meldete sich Niki zu Wort.

„Koa hat eine Lufthülle, ähnlich wie eure Erde. Wir brauchen also keinen Sauerstoff und Sputnik kann auch mit. Es gibt seltsame Tiere, am gefährlichsten finde ich die großen Flugtiere. Ihr müsst unbedingt in meiner Nähe bleiben. Es ist nicht weit bis zur Behausung meiner Freunde.“ „Ist es gefährlich?“, fragte ich plötzlich verunsichert. „Nicht mit mir! Ich pass auf euch auf!“ Mit einem schrägen Blick zu Mia, meinte er: „Wir ziehen besser die Raumanzüge an, ohne Sauerstoff. Das Einhorn-Outfit deiner Schwester wäre viel zu auffällig.“ Mia prustete entrüstet.

„Alex, guck mal da vorne, das muss Koa sein. Sieht schön aus!“, stellte sie fest. Ich stimmte ihr zu: „Ja, viel Grün!“ Niki landete gekonnt die Rakete. „So, Anzüge anziehen!“, befahl Niki und warf sie uns zu. Er selbst zog seine Weste aus und schlüpfte ebenfalls in den Raumanzug, anschließend wieder in die Weste. Er schnallte seine Flügel an und öffnete eine weitere Klappe in der Raketenwand. Niki holte eine Art Säbel und eine weitere undefinierbare Waffe hervor und steckte beides in seinen Gürtel. Mir reichte er ein langes, gebogenes Messer und meinte: „Das schadet hier nicht!“ Mia und ich schauten ihn verblüfft an. „Niki, was sagst du da? Ich dachte es ist hier nicht gefährlich!“, stotterte ich. „Ich habe gesagt, wenn ihr meinen Anweisungen folgt und bei mir bleibt, ist es ungefährlich“, erwiderte Niki knapp. „Alex, du gehst beim Verlassen der Rakete voraus, dann folgt Mia mit Sputnik. Ich schütze euch von hinten. Rennt so schnell ihr könnt zum angrenzenden Wald und schaut euch nicht um! Alles klar?“, er sah uns fragend an. Mia blickte ihn mit großen Augen erschrocken an. Mir war es auch furchtbar mulmig. Kleinlaut nickten wir. Unten angekommen gingen wir durch die Schleuse. Niki öffnete leise die Tür, mit seiner Waffe im Anschlag und lugte vorsichtig hinaus. „Okay, seht ihr die Bäume dort? Es sind ungefähr 200 Meter. Los jetzt! Rennt was geht!“, flüsterte er.

Ich sauste wie der Blitz los, Mia und Sputnik hinter mir. Da erklang über uns ein ohrenbetäubendes, fürchterliches Kreischen. Ein riesiger Schatten verdunkelte die Fläche vor uns. „Schneller!“, brüllte Niki hinter uns. Ich drehte mich im Laufen zu Mia um. Da sah ich sie, diese gewaltigen Monster-Flugtiere. Sie hatten das Aussehen aus einer Mischung aus Drachen und Flugdinosaurier. Einer dieser Scheusale flog direkt über uns und fixierte Mia mit seinen kalten, grausamen, roten Augen. In seinem weit aufgerissenen Schnabel waren gelbliche, rasiermesserscharfe Zähne zu sehen. Meine kleine Schwester stolperte vor Schreck und fiel der Länge nach auf den harten Boden. Ich stoppte abrupt. „Mia, steh auf!“, schrie ich vor Entsetzen fast gelähmt. Das Monstrum setzte zum Sturzflug an um Mia zu packen. Unser tapferer Hund Sputnik stellte sich schützend über sie. Er knurrte und bellte wie verrückt. Dabei sprang er auf der Stelle, immer wieder mit gefletschten Zähnen, drohend dem Feind entgegen. Doch die riesigen Klauen näherten sich unaufhaltsam.

„Schließt die Augen!“, hörte ich Niki schreien. Kurz darauf spürte ich Hitze und trotz geschlossener Augen, grelles Licht überall um uns herum. Das Flugtier kreischte empört auf und drehte ab. Die anderen Monster suchten ebenfalls das Weite. Sputnik bellte ihnen lange wütend hinterher. Ich und Niki waren gleichzeitig bei Mia und halfen ihr auf. Sie schluchzte herzergreifend. „Mein Bein tut weh!“, jammerte sie. Zusammen halfen wir der zitternden, humpelnden Mia zum Waldrand. Nikis Blick wanderte immer wieder prüfend zum Himmel.

„Niki, spinnst du! Wie kannst du Mia hierher bringen? Das war wahnsinnig gefährlich!“, schnauzte ich ihn an. „Ich hatte alles im Griff!“, verteidigte sich Niki. „Und das?“, ich zeigte auf Mias Bein. „Mein Bein ist schon wieder gut. War doch nicht so schlimm“, verteidigte sie Niki sogleich. Mia knuddelte Sputnik. „Du bist der aller, allerbeste Hund der Welt!“, lobte sie ihn überschwänglich. „Ja, er ist das mutigste Tier, das ich kenne!“, bestätigte Niki. „Lasst uns weitergehen, es ist nicht mehr weit. Versucht möglichst leise zu sein.“ Ich traute mich nicht zu fragen, warum.

Der Wald war unglaublich beeindruckend. Die moosbewachsenen, mit Lianen behangenen Bäume waren so groß, dass man den Himmel nur noch erahnen konnte. Wir wanderten unter hochgewachsenen Farnen hindurch und kletterten über umgefallene Baumstämme, die kreuz und quer lagen. Vor und neben uns ragten immer wieder steile, graue Felsblöcke auf. Es war kalt und feucht, es tropfte unablässig Wasser von den Ästen. Weiße Wolkenfetzen zogen zwischen den Stämmen himmelwärts. Wasser quoll zwischen den grün bewachsenen Felsen hervor und wurde zu kleinen Bächen. Ich atmete tief die herrliche, frische Waldluft ein. Immer wieder durchbrachen unheimliche Laute die Stille und ließen uns zusammenzucken. Der Pfad zwischen den Felsen wurde schmaler und dunkler. Ein gewaltiges Bergmassiv versperrte uns schließlich den Weg. Wir hielten vor einer schmalen Felsspalte.

„Wir sind da, aber irgendetwas stimmt hier nicht!“, flüsterte Niki. Er schaute besorgt um sich. „Es ist keine Wache hier und der Eingang ist mit Dornengestrüpp verbarrikadiert. Sehr ungewöhnlich“, fuhr er fort. „Alex, Mia, ist es okay für euch, wenn wir reingehen? Ich muss wissen, was mit meinen Freunden los ist.“ Wir bejahten beide. „Ich gehe voran. Aktiviert bitte eure Raumanzüge, zur Sicherheit!“ Als erstes schafften wir einen Durchgang durch das Gestrüpp. Anschließend krochen wir hindurch, es war stockfinster. Niki entzündete für uns ein Licht aus einer seiner vielen Taschen. Vor uns befand sich ein schmaler, ausgetretener Pfad zwischen hohen grauen Felswänden. Nach ein paar Metern wurde der Weg breiter. Völlig unerwartet tat sich plötzlich eine fantastische, riesige Tropfsteinhöhle vor uns auf.

Links von uns plätscherte ein kleiner Wasserfall aus der Steinwand und bildete einen kleinen See. Seitlich an den Felswänden waren zahlreiche dunkle Nischen in Bodennähe zu sehen. An der Höhlendecke in circa 40 Meter Höhe war ein Loch zu erkennen mit einem Stückchen Himmel. Darunter befand sich eine erkaltete Feuerstelle. Außer dem leisen gluckern und tropfen des Wassers war es mucksmäuschenstill in der Höhle. Niki schaute sich verwirrt um.

„Seltsam! Wo sind die alle? Was ist hier passiert?“, rätselte er.

Ein krampfhaftes Husten aus einer der Nischen ließ uns zusammenzucken. Wir schauten uns verdutzt an. Aus einer anderen Nische erklang ein Stöhnen und Röcheln. Da war jemand oder etwas!

INFOS ZU:
Kometen

Kometen bestehen hauptsächlich aus Wassereis oder aus gefrorenen Gasen und Staub. Sie sind selten kleiner als 100 Meter im Durchmesser. Meistens sind sie einige Kilometer groß.

Kometen entstanden zwischen den Planeten Uranus und Neptun, im fernen Außenbereich unseres Sonnensystems. Auf ihrem Weg an den Rand des Sonnensystems haben sich die heißen Gase abgekühlt und wurden zu festen Körpern aus Eis. Heute halten sie sich am äußersten Rand des Sonnensystems auf. Gelegentlich kommen Kometen von ihrer Kreisbahn ab. Das kann zum Beispiel sein, wenn Kometen zusammentreffen oder die Anziehungskraft eines Planeten ihre Bahn ändert. Nähert sich der Komet dann der Sonne, verdampft ein Teil seines Eises um seinen Kern, bildet sich eine riesige Gas- und Staubwolke. Diese heißt **Koma**. Der Sonnenwind reißt Materie aus der Koma und es entsteht ein Kometenschweif. Dieser kann bis zu 300 Kilometer lang sein. Der Schweif reflektiert das Sonnenlicht, deshalb können wir ihn von der Erde aus sehen.

Aufgrund ihrer geringen Festigkeit brechen die Kometen, vor allem in Sonnennähe, leicht auseinander.

Der bekannte Komet Hale-Bopp ist ein Riese von 40 Kilometern Durchmesser. Er ist ein, alle 75 bis 77 Jahre wiederkehrender, periodischer Komet.

Der größte Komet, der jemals gesehen wurde, ist der Himmelskörper Bernardinelli-Bernstein. Benannt nach den Astronomen, die ihn entdeckt haben. Der eisige Gigant hat einen Durchmesser von 100 bis 200 Kilometer und bewegt sich in Richtung Sonne mit rasender Geschwindigkeit. In den Jahren 2014 bis 2018 hatte dieser Komet noch keinen Schweif. Neue Bilder zeigen inzwischen die typische Hülle aus Gas und Staub. Momentan ist er auf der Höhe des Uranus angekommen. Nach Berechnung der Astronomen wird er 2031 die Saturnumlaufbahn erreichen.

Rettungsaktion

Niki stürmte sofort in die Richtung, aus der das Geräusch kam und wir hinterher. Da lag ein Lebewesen zwischen einem Berg aus Fellen und atmete keuchend. Niki richtete seinen Sprachumwandler auf dessen Stirn und reichte ihn an uns weiter. Mia und ich machten es Niki nach. „Uri, was ist hier los?", fragte Niki bestürzt.

„Wir sind alle krank und werden sterben!", erwiderte Uri mühsam. Seine Augen glänzten fiebrig. „Nein, ihr werdet nicht sterben, wir helfen euch!", versuchte Niki ihn zu beruhigen und strich Uri sanft über den Kopf. „Ja, vielleicht", ein hoffnungsvolles Glimmen erschien in Uris dunklen Augen. Erschöpft schlief er ein.

Niki suchte alle Höhlenbewohner in ihren Nischen auf und versprach ihnen Hilfe. Außer Uri gab es seine Schwester Una, seinen großen Bruder Ano, den Vater Uru, die Mutter Ana und den Onkel Uro. Alle waren sehr krank und schwach. Jeder unfähig den anderen zu helfen.

„Alex, dort drüben liegt trockenes Brennholz, kannst du es bitte herholen. Mia, du füllst bitte den Behälter bei der Feuerstelle mit Wasser", bat Niki uns. Er wühlte in seinen Westentaschen herum und beförderte eine Art Feuerzeug und eine Ampulle mit weißem Pulver heraus. Als alles bereit war zündete er das Holz an und kippte etwas Pulver ins Wasser. „Wenn es heiß genug ist, geben wir jeden davon zu trinken“, sagte er. „Mia, hast du noch die leeren Flaschen in deinem Rucksack?“, fuhr Niki fort. Mia nickte eifrig und holte die Flaschen heraus. „Super, die brauchen wir“, stellte er erfreut fest. Jeder von ihnen muss eine halbe Flasche leer trinken. Könnt ihr mir helfen?“ „Ja, klar doch!“, riefen wir gleichzeitig. Niki füllte die warme Flüssigkeit vorsichtig in die Flaschen. Als erstes gingen wir zu Uri. „Alex, kannst du ihn von hinten stützen, dass er sitzen kann? So ist es gut. Uri, trink das!“ Uri schluckte gehorsam die bittere Medizin. Danach legte ich ihn vorsichtig wieder hin. Auch alle anderen ließen die Prozedur willig über sich ergehen. Nur Una weigerte sich strikt dagegen die Medizin zu schlucken. Sie drehte den Kopf weg und kniff die Lippen fest zusammen.

„Una, bitte trink das, du musst doch wieder gesund werden“, bettelten wir verzweifelt. Una schüttelte den Kopf mit Tränen in den Augen.

Da hatte Mia eine Idee. „Ich habe noch eine Limo, vielleicht kann man die Medizin damit vermischen und es schmeckt nicht mehr so scheußlich.“, meinte sie. „Lasst es uns versuchen!“, sagte Niki daraufhin. Er nahm die Limo Flasche und schüttete die Hälfte in die halbvolle Medizinflasche. Una sah genau zu, wie sich die Medizin schön orange färbte. Niki führte die Flaschenöffnung an ihren Mund. Una leckte vorsichtig daran, dann grinste sie. Ruckzuck war die Flasche leer. Danach schlief sie selig lächelnd ein. Niki blickte erleichtert zu Mia. „Mia, du bist der Hit!“, lobte er sie erneut. „Du auch!“, schmunzelte sie glücklich.

Niki nahm ein weiteres Kästchen aus seiner Tasche. „Jetzt schauen wir, was sie sich eingefangen haben. Das Pulver war lediglich zum

Stabilisieren, damit sich ihr Zustand nicht weiter verschlechtert", erklärte er uns. „Nehmt bitte alle Felle von Uri herunter, wir fangen mit ihm an." Als wir Uri abgedeckt hatten, begann Niki den völlig behaarten, schwarzen Körper Uris, vom linken Fuß unten, nach oben zum Kopf und wieder nach unten zum rechten Fuß abzuscannen. So verfuhr er mit jedem Mitglied der Familie. Anschließend studierte er die gesammelten Daten. Er schüttelte den Kopf. „Sie haben sich einen schrecklichen Virus eingefangen. Gut, dass wir die Raumanzüge anhaben, damit können wir uns nicht anstecken." „Was ist mit Sputnik?", fragte Mia besorgt. „Zum Glück, keine Gefahr für Hunde!", beruhigte er Mia. Niki schaute auf sein Kästchen. „Tja, hier steht, zur Bekämpfung des Virus benötigen wir einen bestimmten Pilz, der hier auf Koa wächst. Alex, würdest du mir helfen, ihn zu finden?" „Natürlich! Was ist mit Mia und Sputnik?", wollte ich wissen. „Es wäre am besten, sie würden hierbleiben. In der Höhle sind sie sicher und Mia könnte sich etwas um die Kranken kümmern." Niki blickte zu Mia, die aufmerksam zugehört hatte. Stolz, so eine verantwortungsvolle Aufgabe erhalten zu haben, versicherte sie: „Ich werde gut für alle sorgen!" „Sehr gut Mia, wenn wir abends noch nicht hier sind, versuche allen noch einmal die Medizin zu geben. Ich bereite alles vor." Mia nickte. „Schau, dass das Feuer weiter brennt, Holz ist genug da. Ich lasse dir zur Sicherheit noch ein Licht hier." Niki schaute zu mir. „Komm Alex, je eher wir zurück sind, umso größer sind ihre Überlebenschancen."

„Einen Moment, Niki." Ich ging zu meiner kleinen Schwester und drückte sie fest an mich. „Pass auf dich auf, Mia!" „Und du auf dich, Alex! Komm ja wieder!", wisperte sie. „Was denkst du denn!", lachte ich und wuschelte ihr durch die Haare. „Sputnik, pass gut auf Mia auf!" Unser Hund antwortete mit einem lautem „Wuff!" und setzte sich schwanzwedelnd neben Mia. Er hatte verstanden.

Wir verschlossen den Eingang der Höhle mit dem Dornengestrüpp. Unsere Raumanzüge verwandelten wir in normale Tarnanzüge, um schneller und wendiger zu sein. „Hier in der Gegend gibt es diesen Pilz nicht, aber ich habe eine ungefähre Ahnung, wo wir suchen müssen", raunte mir Niki leise zu. „Im Wald kann ich meine Flügel nicht verwenden, bald kommt eine Ebene, dann können wir fliegen!" Ich sah ihn verständnislos an. „Wie soll ich fliegen, ohne Flügel?", fragte ich kopfschüttelnd. „Ich packe dich mit meinen Krallen und ab geht's!", antwortete Niki frech grinsend. „Ganz sicher nicht! Du spinnst wohl!", rief ich empört. „Doch Alex, ich kann dein Gewicht locker tragen. Wir sparen viel Zeit, wenn wir fliegen. Umso eher sind wir wieder bei Mia und den Kranken!", versuchte mich Niki umzustimmen. „Was ist mit diesen grässlichen Flugtieren?", fragte ich kleinlaut. „Lass das Mal meine Sorge sein. Die sind kein Problem", erwiderte Niki zuversichtlich. „Na gut, wir können es versuchen", stimmte ich missmutig zu. Nachdem wir uns gefühlte drei Stunden durch das Dickicht des Urwalds gekämpft hatten, erreichten wir endlich die besagte Ebene. Ständig auf der Hut vor irgendwelchen Angreifern, schlichen wir zum Waldrand. Von Monstervögeln oder anderen Ungetümen keine Spur. Mitten auf der Ebene befand sich ein mächtiger, aktiver Vulkan, aus dessen Krater unablässig glühend, heiße Lava strömte. Fette, dunkle Rauchwolken quollen hervor und verpesteten die Luft. Es stank eklig nach faulen Eiern. „Puh, Niki mir ist schlecht, ich kann nicht fliegen“, jammerte ich. Niki hatte seine Flügel ausgebreitet. „Und ob du kannst!“ Er packte mich von hinten mit seinen starken Armen und verschränkte die Krallenhände vor meinem Bauch. Die großen Schwingen bewegten sich kraftvoll und wir hoben ab. Ich keuchte erschrocken und kniff die Augen zusammen. „Lass mich bloß nicht fallen!“, schrie ich panisch. „Niemals! Mach dich locker, Alex, du bist steif wie ein Brett!“, neckte er mich. „Mach die Augen auf und vergiss das Atmen nicht!“ Zögerlich öffnete ich erst das eine Auge um dann staunend beide Augen aufzureißen. Es war herrlich! Wir glitten lautlos über die wilde, karge Landschaft.

„Alex, siehst du die schneebedeckte Bergkette? Da müssen wir rüber, auf der anderen Seite ist ein großer See mit einer Insel, dort vermute ich den Pilz!“ Ich genoss jede Sekunde des Flugs. Es war ein berauschendes Gefühl von purer Freiheit. Niki flog seitlich am Krater und den Aschewolken vorbei. Ich spürte sogar hier oben die sengende Hitze der Lava, Niki flog höher und es wurde schlagartig kühler. Mit einem Sturzflug ging es hinab. Ich schnappte nach Luft. Knapp über der Oberfläche segelten wir wieder aufwärts, höher und höher. Wir durchstießen eine Wolkendecke. Die Berge lagen unter uns, es war kalt.

Die Berggipfel wurden flacher und es ging wieder abwärts, Richtung Tal. Ich sah den türkisen, glitzernden See mit der Insel. Auf der Insel gab es eine Menge Bäume und Sträucher. Niki kreiste langsam und suchte eine geeignete Stelle zum Landen. „Das war so cool!“, strahlte ich voller Begeisterung nach der perfekten Landung. „Ich weiß“, sagte Niki selbstgefällig grinsend.

Infos zu: Voraussetzungen Leben

Ein Planet braucht bestimmte **Voraussetzungen,** um bewohnbar zu werden. Eine davon ist, dass der Planet sich in der geeigneten, habitablen Zone, rund um seinen Stern (Sonne), befindet. Es darf in dieser Region weder zu heiß noch zu kalt sein. Es sollte Wasser in flüssiger Form auf der Oberfläche des Planeten vorkommen.

Für die „Bausteine des Lebens“ braucht es aber auch noch chemische Elemente wie Wasserstoff, Sauerstoff, Kohlenstoff und Stickstoff. Diese entstehen durch Kernfusion in den Sternen selber und sind weit verbreitet im Weltraum.

Forscher haben herausgefunden, dass ein Planet eine bestimmte Größe haben sollte, um Leben zu ermöglichen. Eine gewisse Größe ist wichtig, um mit der Schwerkraft des Planeten eine Atmosphäre aus flüchtigen Gasen festzuhalten, besonders für das Leben an Land und die Temperaturregulation.

Ein Magnetfeld ist nötig, damit der stetige Partikelstrom der Sonne (Sonnenwinde), die Oberfläche des Planeten nicht erreicht.

Bei zu großen Planeten kann der Zentralstern seine Uratmosphäre nicht wegblasen und es kann keine dringend benötigte, mit Stickstoff und Sauerstoff zersetzte, sekundäre Atmosphäre entstehen.

Ist ein Planet zu klein, ist er erbarmungslos den Sonnenstürmen ausgeliefert. Ein Beispiel ist hierfür unser Planet Mars, der sich eigentlich noch in der bewohnbaren Region unserer Sonne befindet. Wissenschaftler der ESA (Europäische Weltraumorganisation), ESO (Europäische Südsternwarte) und NASA planen und bauen bereits Instrumente zur Analyse von der Atmosphäre erdähnlicher Planeten um ihre Sterne in bis zu 40 Lichtjahren Entfernung. Sind in der Atmosphäre sogenannte „Biomarker" wie Sauerstoff, Wasser und Methan, kann es auf diesen Planeten eventuell pflanzliches Leben geben.

Neue Freundschaften

Auf der Insel angekommen machten wir uns sofort auf die Suche nach dem Pilz. Niki hatte mir ein Bild auf seinem Kästchen gezeigt. Wir suchten neongelbe, leuchtende Staubpilze. Wir durchforsteten die ganze Insel. Weder am Boden noch an den Baumstämmen fanden wir leuchtende Pilze. Frustriert sahen wir uns an. Da fiel mir etwas ein: „Niki hast du noch ein Licht? Vielleicht muss man diese Pilze erst bestrahlen, damit sie leuchten.“ Niki meinte: „Ein Versuch ist es wert.“ Er beförderte eine weitere Lampe aus einer Tasche und strahlte damit die Bäume und den Boden um uns herum an. Auf einmal begann es rings um uns, knallgelb zu leuchten. Wir standen mitten in einem Ring, dieser leuchtenden Staubpilze! „Genialer Einfall, Alex!“, lobte mich Niki. Wir klatschten uns ab.

Niki drehte vorsichtig einige der Pilze aus dem Boden und verstaute sie in einem seltsamen Netz. „Schnell zur Höhle! Die Zeit wird langsam knapp!“, trieb er uns zur Eile an. Der Flug über die Berge und die weite Ebene war ruhig und wunderschön. Nach der Landung verschwanden wir sofort ins schützende Unterholz des Urwalds. Wir waren bereits einige Zeit unterwegs, als wir hinter uns das knacken von Ästen, lautes Schnauben und Schnüffeln vernahmen. „Alex, hier runter! Aktiviere den Raumanzug!“, flüsterte Niki. Wir krochen blitzschnell unter die Wurzeln eines riesigen Baumes. Ich traute mich nicht zu atmen. Das riesige Ungeheuer, das uns verfolgte, hielt genau über uns an. Man hörte es ausgiebig schnuppern, dann zog es enttäuscht weiter. Erleichtert krochen wir nach ein paar Minuten wieder nach oben. Vor uns und hinter uns war eine Schneise der Verwüstung. Dieses Ungetüm hätte uns bestimmt mit einem Haps verschlungen. Niki sagte grinsend: „Durch unsere Raumanzüge konnte er uns nicht mehr wittern. Ein Glück, oder? Du kannst den Sauerstoff drin lassen, wir sind gleich am Ziel."

Beim Eingang der Höhle angelangt, krochen wir durch das Gestrüpp. In der großen Höhle war es still. Das Feuer brannte hell und warm. Ich entdeckte Mia bei der Nische der kleine Una. Wir rannten aufeinander zu und umarmten uns stürmisch, Sputnik hüpfte ausgelassen um uns herum. „Alex, ich bin so froh, dass ihr wieder hier seid. Una geht es schlecht und den anderen auch", schluchzte sie mit Tränen in den Augen. „Es wird alles gut, Mia. Wir haben die Pilze", tröstete ich sie. Ich hatte ein furchtbar schlechtes Gewissen, es war eine zu große Bürde, die ich meiner kleinen Schwester zugemutet hatte.

Niki hatte währenddessen die Pilze zerrieben und in Wasser aufgelöst. „Mia, hast du noch die Flaschen?", fragte er. „Ja, ich habe ihnen die ganze restliche Medizin gegeben, sie sind leer." „Das hast du toll gemacht, Mia. Wem geht es am schlechtesten?", fuhr Niki fort. „Una, ich glaub sie ist ohnmächtig", jammerte Mia. Niki schüttelte den Kopf. „Nein, sie schläft nur tief und fest", beruhigte er meine Schwester. „Wir können aber mit Una anfangen." Er weckte Una. Als Niki versuchte ihr einen Schluck Pilztinktur einzuflößen, verweigerte sie wieder und drehte den Kopf weg. Alles Zureden half nichts. „Ich habe keine Limo mehr, sie hat den Rest vorhin bekommen“, jammerte Mia verzweifelt. „Una, bitte! Nur einen Schluck! Du musst wieder gesund werden!“ Una blieb stur.

Mia rannte zu ihrem Rucksack und holte ihr heißgeliebtes Einhorn Filli heraus. Filli fest an sich gepresst ging sie zu Una. „Una, wenn du die Medizin trinkst, bekommst du von mir Filli.“, sagte sie mit belegter Stimme. Una wendete vorsichtig den Kopf und riskierte einen

Blick auf das rosa Einhorn. Mit strahlenden Augen langte sie nach Filli. „Una, erst die Medizin!“, verlangte meine Schwester streng. Una sperrte brav den Mund auf und Niki flößte ihr die Medizin ein. Mia reichte ihr Filli. Bewundernd betrachtete Una das Einhorn von allen Seiten. Sie nahm es in beide Arme und schmiegte ihren kleinen Kopf an Filli. Selig lächelnd schlief sie ein. „Mia, das war sehr lieb von dir“, stellte ich mit einem anerkennenden Blick auf meine Schwester fest. Mia nickte nur.

Die anderen Höhlenbewohner nahmen alle anstandslos die heilende Tinktur. „Nach ein bis zwei Stunden müsste es ihnen bereits besser gehen, wenn der Pilz wirkt“, informierte Niki uns. Wir setzten uns müde ans Feuer. Nach einer Stunde gingen Niki und Mia zu den Patienten. Triumphierend kam Mia zu mir. „Alex, es hilft! Das Fieber ist bei allen gesunken“, jubelte sie.

„Ich gehe auf die Jagd, dann kochen wir ihnen eine kräftigende Brühe. Habt ihr auch Hunger?“, fragte Niki. Er griff nach Pfeilen und einem Bogen, die neben der Feuerstelle lagen. „Erst mal schauen, was du anbringst“, sagte ich vorsichtig. „Alles klar!“, lachte Niki und verschwand. Mia setzte sich zu mir ans Feuer und kuschelte sich erschöpft an mich. Wir schauten in das knisternde, wärmende Feuer und schliefen ein. Als ich erwachte, hörte ich Stimmen leise reden. Niki war zurück und unterhielt sich mit Uri. Der Behälter hing über dem Feuer und brodelte vor sich hin. Ein köstlicher Essensduft lag in der Luft. Niki sah, dass ich wach war und winkte mir zu, herüber zu kommen.

„Uri, das ist Alex. Alex und Mia stammen von einem entfernten Planetensystem, der sogenannten Milchstraße. Ihr Planet heißt Erde. Sie haben mir geholfen, als ich dort notlanden musste. Ihnen habt ihr es zu verdanken, dass wir bei euch vorbeigeschaut haben“, erzählte Niki. „Dann müssen wir uns bei euch bedanken. Ihr habt uns das Leben gerettet!“, meinte Uri und blickte mich interessiert an. Ich grinste verlegen. „Niki, habt ihr es zu verdanken, dass ihr gesund werdet!“ „Papperlapapp!“, unterbrach Niki. „Wir sind ein Team!“

Mia war inzwischen aufgewacht. Nacheinander kamen langsam alle Höhlenbewohner aus ihren Felsnischen gekrochen. Sie sahen alle etwas mitgenommen aus. Glücklich, dass sie die schlimme Krankheit überstanden hatten, umringten sie uns. Nacheinander bedankten und drückten sie uns stürmisch an sich. Niki flößte jedem noch einmal Medizin ein und testete alle mit seinem Gerät. Da alle nicht mehr ansteckend waren, durften wir unsere Raumanzüge deaktivieren. Danach wurden Holzschalen hervorgekramt und alle stürzten sich auf die lecker riechende Suppe. Mia und ich bekamen auch ein Schälchen. Uri und seine Sippe schlürften und schmatzten lautstark. Ruckzuck war der Topf geleert. „Niki, was war eigentlich alles in der Suppe?“, wollte ich nachträglich erfahren. „Och, ein paar Riesenspinnen, Würmer, Maden und Insekten, lauter schmackhafte, nahrhafte Sachen halt“, schmunzelte Niki. „Echt jetzt!“, rief ich voller Entsetzen. „Mir wird übel!“, ich verzog das Gesicht und spürte ein Würgen im Hals. „Quatsch! War nur Spaß, Alex!“, gab Niki laut lachend zu. „Idiot!“, murmelte ich laut genug, dass er es hörte.

Zu den Höhlenbewohnern gewandt begann Niki: „Da es euch besser geht müssen wir weiter. Ich habe meinen Freunden versprochen, ihnen meine Heimat zu zeigen und sie rechtzeitig zu ihrer Erde zurückzubringen. Die Zeit drängt. Wir müssen uns verabschieden.“ Alle nickten traurig. Ana, die Mutter von Una, stupste ihre Tochter an und forderte sie mit einer Geste auf zu Mia zu gehen. Una, die das Einhorn Filli ständig fest umklammert hielt, machte sich geknickt auf den Weg. Sie streckte Mia das Einhorn hin und sagte gehorsam: „Danke fürs Ausleihen.“ Mia nahm Una samt Filli in die Arme. „Liebe Una, Filli gehört jetzt dir. Sie soll auf dich aufpassen. Ich weiß, dass es ihr, bei dir gutgeht.“ „Danke! Danke!“, jubelte Una lautstark und hüpfte vor Freude, wie ein Flummi auf und ab. „Sind wir jetzt Freunde?“, sie sah Mia fragend an. „Klar sind wir Freunde!“, bestätigte Mia liebevoll. Ich betrachtete stolz meine tolle Schwester. „Und wir? Sind wir auch Freunde?“, wollte daraufhin Uri von mir wissen. „Natürlich! Nikis Freunde sind auch unsere Freunde!“, antwortete ich impulsiv. „Wir müssen …“, unterbrach Niki uns.

Zum Abschied und aus Dankbarkeit bekam jeder von uns ein kleines Geschenk. Mia erhielt ein hübsches Muschelarmband, Niki ein

Lederband mit einem coolen, spitzen Riesenzahn. Mir schenkten sie eine große, wunderschöne Muschelschnecke. Wenn man in das spitze Ende hineinblies, erklang ein dumpfer, langanhaltender Ton, der weit zu hören war.

INFOS ZU:
Galaxien

Eine **Galaxie** ist eine große Ansammlung von Sternen, Planeten, Gasnebeln, Staubwolken und schwarzen Löchern, die sich um ein gemeinsames Zentrum bewegen.

Der Durchmesser einer Galaxie kann mehrere Hunderttausend Lichtjahre betragen.

Die Strecke, die das Licht in einem Jahr zurücklegt, ist ein Lichtjahr. Licht ist schnell. Das sind rund 9,5 Billionen Kilometer in einem Jahr!

Mit unserer aktuellen Technik lassen sich von der Erde aus, mehr als 50 Milliarden Galaxien beobachten. Forscher gehen davon aus, dass sich im von uns beobachtbaren Universum, etwa eine Billion Galaxien befinden.

Es gibt bestimmte Typen von Galaxien. Spiralgalaxien, Balkenspiralgalaxien, elliptische Galaxien, irreguläre Galaxien und Sonderformen wie Zwerggalaxien oder aktive Galaxien.

Unsere Galaxie nennt man die Milchstraße, weil sie uns als milchig-helles Band am Himmel erscheint. Das griechische Wort „Galaxis“ bedeutet Milch, die alten Griechen dachten, die Götter hätten hier Milch verschüttet.

Unsere Milchstraße bildet eine riesige, spiralförmige Scheibe, bestehend aus ungefähr 200 bis 300 Milliarden Sonnen, sprich Sternen. Gasnebel und Staubwolken behindern die Sicht von der Erde aus, besonders im Zentrum der Milchstraße. Aufgrund dessen kommt es zu diesem Schätzwert. Astronomen gehen davon aus, dass es insgesamt vier Spiralarme in der Milchstraße gibt. Unser Stern, die Sonne, befindet sich in einem Seitenarm der Spirale.

Die nächste größere Spiralgalaxie, die wir bei klarer Sicht mit bloßem Auge erkennen können, ist die etwa 2,5 Millionen Lichtjahre entfernte Andromeda-Galaxie.

In einigen Milliarden Jahren, erwarten die Astronomen den Zusammenstoß der Andromeda-Galaxie mit der Milchstraße. Bei der Verschmelzung der beiden Spiralgalaxien wird eine Elliptische Galaxie entstehen.

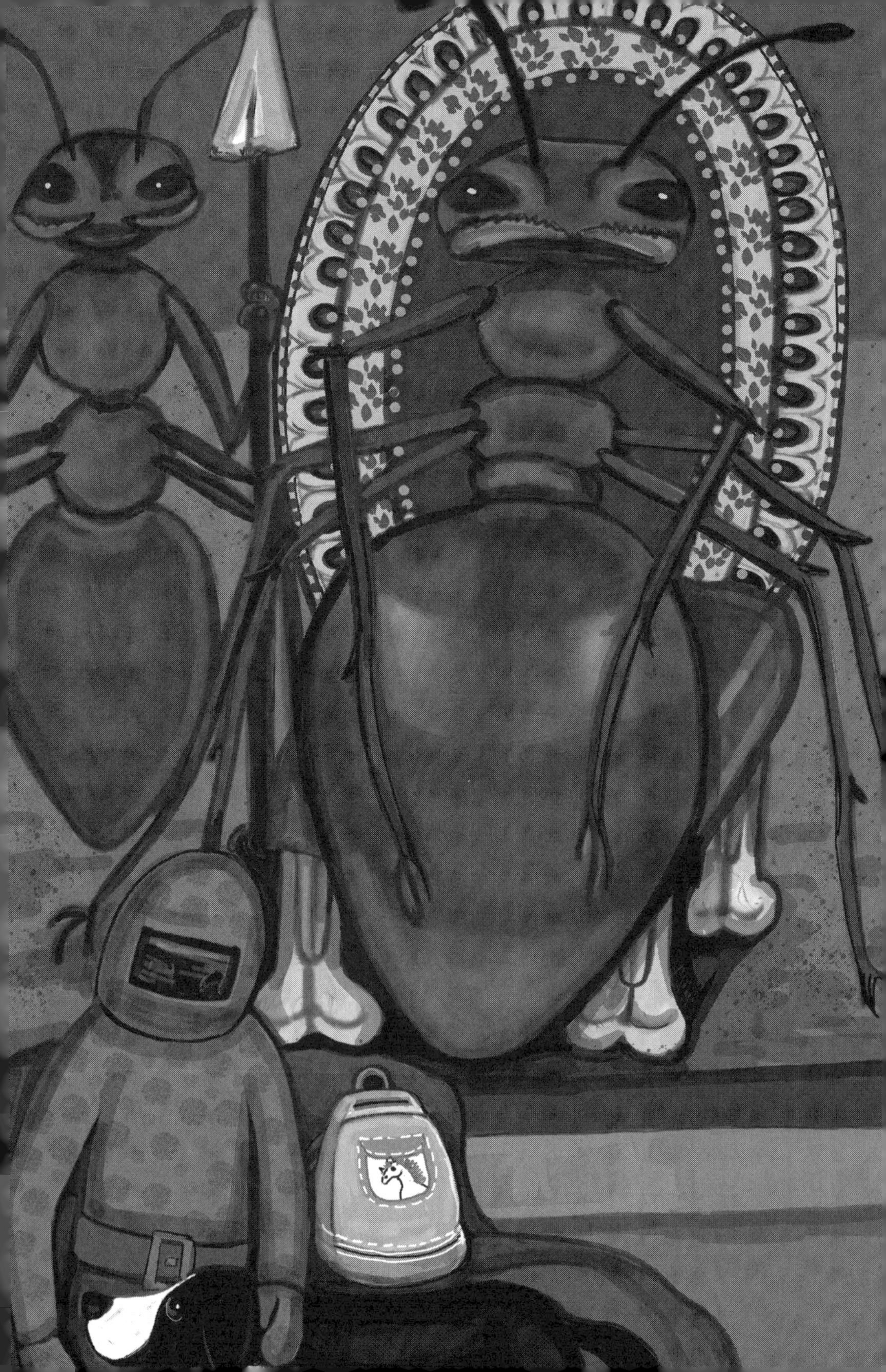

Wüstenplanet Solenopsis

In unserer Rakete wohlbehalten angekommen, fragte Niki uns: „Habt ihr Lust auf weitere Abenteuer?“ „Logo, was denkst du denn?“, rief ich. Mia stimmte mir begeistert zu.

„Meine ursprüngliche Mission, weshalb ich von zu Hause aufbrach, war die Suche nach bewohnbaren Planeten im weiten Universum. Auf meinem Heimatplaneten Xerxes wird der Platz knapp. Ein riesiges schwarzes Loch hätte mich fast erwischt, aufgrund dessen musste ich von meiner geplanten Route abweichen.“ „Was ist ein schwarzes Loch?“, unterbrach Mia ihn. „Schwarze Löcher sind die Allesfresser des Weltraums, was in ihre Nähe kommt wird verschlungen“, erklärte ich ihr. „Das klingt gruselig. Wirklich alles?“, fragte Mia ungläubig nach. „Ja, sogar ganze Sterne werden einfach eingesogen“, ergänzte ich. Meine kleine Schwester schaute verschreckt. „Mia, du brauchst keine Angst haben, wir haben ein Fruhwarnsystem. Wenn dunkle Materie in unserer Nähe auftaucht, werden wir rechtzeitig gewarnt“, beruhigte Niki meine Schwester.

„Gleich müsste ein Wüstenplanet auftauchen, den ich ursprünglich auskundschaften wollte. Er hat laut meiner Messungen genügend Sauerstoff zum Atmen und die Temperaturen sind ertragbar. Die Frage ist, ob es Wasser gibt und ob dieser Planet bereits bewohnt ist. Habt ihr Lust mitzukommen oder wollt ihr lieber in der sicheren Rakete bleiben und auf mich warten?“, wollte Niki wissen. Mia und ich waren uns einig, klar wollten wir mit! „Kann Sputnik auch mit?“, fragte Mia. Niki nickte.

Wir landeten mitten zwischen den hohen Dünen aus rotem feinkörnigem Sand. Um uns herum Sand und noch mal Sand. Wir stiegen nacheinander aus. Es war windstill und eine unheimliche Ruhe umgab uns. Wir entfernten uns von der Rakete, die Niki wieder unsichtbar gemacht hatte und sahen uns nach allen Richtungen um. Wir überlegten in welche Richtung wir gehen sollten, als Sputnik mit der Nase am Boden hektisch schnüffelnd, wie wild zu kläffen anfing. „Pssst! Leise Sputnik!“, befahl ich ihm.

Da begann der Boden um uns herum sich zu bewegen. Sputnik jaulte auf und winselte. Zwischen uns wirbelte der Sand immer stärker in eine Richtung und begann einen Trichter zu bilden. Niki brüllte: „Raumanzüge aktivieren! Sofort!“ Wir drückten die Knöpfe. Der Sandtrichter wurde stetig größer und schneller. Wir verloren den Boden unter den Füßen und rauschten in rasender Geschwindigkeit zur Mitte des Strudels. Ich packte Mia noch am Arm und zusammen stürzten wir hinab in die Dunkelheit. Wir landeten unsanft in einem steilen Gang und es ging weiter abwärts wie in einer Riesenrutschbahn. Plötzlich endete der Gang, Mia und ich plumpsten abrupt auf den Boden. Niki purzelte auf mich drauf, Sputnik auf Niki. Stöhnend entwirrten wir uns. Niki zündete ein Licht, damit wir etwas sehen konnten.

Geschockt sahen wir uns an. Wir waren umzingelt von riesigen ameisenähnlichen Wesen, die ihre langen Speere auf uns richteten. Ihre großen Augen starrten uns ausdruckslos an. Sie unterhielten sich mit schnarrenden Geräuschen und klopften dabei mit den Hinterbeinen auf den Boden. Ihr Anführer gab einen Befehl und seine Truppe pikste uns mit den Speeren, um uns in eine bestimmte Richtung zu treiben. Wir mussten einen langen Gang mit etlichen Abzweigungen entlang. Vor einem weiteren Durchgang standen vier noch größere Wachen mit ihren Speeren. Der Anführer unserer Truppe redete mit einem von ihnen, sie streckten die Fühler aneinander. Diese Wache ging in den angrenzenden Raum und kam kurze Zeit später zurück. Wir wurden von den Wachen wie eine Herde Schafe in eine gigantische Höhle getrieben. Staunend blickten wir uns um. Die Wände schienen aus lauter Diamanten zu bestehen, es glitzerte und funkelte unbeschreiblich. Das außergewöhnlichste aber war der kunstvolle Thron in der Mitte der palastähnlichen Höhle. Auf diesem Thron saß die fetteste Ameise, die man sich vorstellen kann. Um sie herum wuselte eine gigantische Anzahl von Arbeiterinnen.

„Das muss ihre Königin sein, schaut auf den Boden und rührt euch nicht!“, wisperte Niki uns zu. Die Königin machte eine träge Handbewegung und alle Untertanen blieben auf der Stelle stocksteif stehen. Sie betrachtete uns eingehend. Dann begann sie in unsere Richtung ausgiebig zu riechen. Bei Sputniks Anblick begannen ihre trüben Augen zu leuchten. Sie leckte sich mit der Zunge über ihr Zangengebiss. Es war offensichtlich, sie wollte unseren Sputnik verspeisen. Entsetzt zog ich Niki am Ärmel. Niki schüttelte unmerklich den Kopf und flüsterte: „Keine Sorge, ich habe alles im Griff.“ Er zog langsam seinen Sprachumwandler aus der Tasche. Augenblicklich waren vier Speerspitzen auf ihn gerichtet.

Niki machte eine beruhigende Geste und schaute die Königin mit schief gelegtem Kopf fragend an. Sie blickte ihm lange in die Augen, dann nickte sie zustimmend. Niki durfte den Sprachumwandler auf sie richten. Er unterhielt sich eine lange Zeit mit ihr.

Ich musterte mittlerweile heimlich unsere Umgebung, auf der Suche nach einem Fluchtweg. In einer angrenzenden großen Kammer war ein Lager mit Ameiseneiern, voll bis zur Höhlendecke. In einer weiteren Kammer befanden sich die Larven. Etliche Gänge zweigten in die Höhle, überall waren Unmengen von Wachen zu sehen. Falls die Flucht gelänge, würden wir uns dennoch in diesem Gang-Wirrwarr heillos verirren. Die Lage war aussichtslos, wir waren von Tausenden, nein Milliarden, von Riesenameisen umgeben.

Nikis Diskussion mit der Königin endete und Niki wandte sich an mich. „Alex, Fakt ist, dass die Königin euren Sputnik zum Fressen gern hat!“ „Niki, das ist nicht witzig! Auf gar keinen Fall lassen wir Sputnik zurück! Warum will sie uns nicht fressen?“, wunderte ich mich. „Das liegt an unseren Raumanzügen, die sind mit einem Duftstoff ausgestattet, der für Insekten und dergleichen, bestialisch stinkt“, grinste Niki. „Wir müssen Sputnik retten! Er hat uns oft gerettet und außerdem habe ich ihn lieb!“, flehte Mia weinerlich. Sie umarmte Sputnik stürmisch. „Ist ja gut Mia! Das habe ich mir schon gedacht. Ich mag euren Sputnik auch sehr!“, entgegnete Niki. „Ich habe einen Deal ausgehandelt. Das Volk der Königin braucht dringend Wasser für die Aufzucht der Brut. Wenn ich Wasser finde, können wir alle zusammen den Planeten unbeschadet verlassen, mit Sputnik“, fuhr Niki fort. „Kann man der Königin vertrauen?", fragte ich misstrauisch. „Mein Gefühl sagt mir: Ja! Alex, bleibst du bei Mia und Sputnik oder kommst du mit mir?" „Alex, du kannst ruhig mit Niki mit. Die werden mich kennenlernen, wenn sie meinem Sputnik was antun wollen!", rief Mia kämpferisch. Stolz nahm ich meine Schwester in die Arme. „Bis dann, meine tapfere Mia. Wir beeilen uns. Hast du noch mein Fernglas im Rucksack?" Mia nickte und reichte mir das Fernglas. Sie holte ihre pinkfarbene Decke heraus und machte es sich, in einer Kuhle neben dem Thron, mit Sputnik in den Armen bequem. Niki gab Mia, nach Rücksprache mit der Königin, kurz den Sprachumwandler damit sie miteinander reden konnten. „Bis bald!", rief sie uns winkend nach.

Ein Trupp von zehn Soldaten begleitete uns durch die zahlreichen, verwinkelten Gänge nach oben an die Oberfläche und postierten sich vor dem Eingang, um auf unsere Rückkehr zu warten. Niki programmierte die Koordinaten auf einem kleinen Bildschirm, damit wir problemlos zurückfinden konnten. Ich war sehr froh über unsere Raumanzüge. Die Sonne stand hoch über uns. Der Sand schien zu kochen, die Luft flimmerte vor Hitze. Niki machte mir ein Zeichen ihm zu folgen. Wir stapften keuchend einen Sandhügel hinauf um einen Überblick zu gewinnen. Oben angekommen drehten wir uns in alle Richtungen. Überall um uns herum sah es gleich aus, nichts als Sandhügel. „Die Königin meinte, ihre Arbeiter haben das gesamte Gelände im Umkreis von 100 Kilometern durchsucht. Der letzte unterirdische See in diesem Gebiet trocknet langsam aus. Sie haben noch drei, vier Monate …", Niki verstummte. „Ja, Wasser ist Leben, ohne Wasser kein Leben! Das ist überall so!“, bestätigte ich. „Alex, mein Vorschlag wäre, wir fliegen die 100 Kilometer auf gerader Linie und dann spiralförmig nach außen. Wenn du irgendetwas Außergewöhnliches siehst, gib mir Bescheid. Wünsch uns Glück!“

INFOS ZU: Schwarze Löcher

Schwarze Löcher sind die Vielfraße des Weltraums. Sie haben keine Oberfläche wie Planeten oder Sterne.

In unserer Galaxie gibt es angeblich, etliche „Schwarzer Löcher“. Das größte sitzt im Zentrum der Milchstraße. Dieses supermassenreiche Schwarze Loch trägt den Namen Sagittarius A* und ist rund 26.000 Lichtjahre von der Erde entfernt. Ein deutscher Physiker bekam, zusammen mit einer amerikanischen Astronomin, im Jahr 2020 den Nobelpreis für Physik, für ihre Forschungen zu Schwarzen Löchern. Sie erhielten diese hohe Auszeichnung für den Nachweis des Schwarzen Lochs im Zentrum unserer Milchstraße, der beiden unabhängig voneinander gelang.

Es ist äußerst schwer Schwarze Löcher zu entdecken. 2020 gelang es dem Weltraumteleskop Hubble, am Rand einer Zwerggalaxie, ein mittelgroßes Schwarzes Loch zu erwischen, wie es bei einer Mahlzeit gerade einen Stern verschlang.

Die Anziehungskraft Schwarzer Löcher ist so groß, dass sie selbst Licht verschlucken. Keine noch so schnelle Rakete kann ihnen entkommen. Ganze Sterne werden von ihnen einfach aufgesogen. Grund für diese enorme Anziehungskraft ist, eine ungeheure Masse vereinigt auf kleinsten Raum.

Laut Forschern müsste man unsere Erde zu einer Kugel von weniger als einem Zentimeter zusammenpressen, um aus ihr ein schwarzes Loch zu machen.

Sterne haben eine bestimmte Lebenszeit und wenn ihnen irgendwann der Treibstoff ausgeht, kann der Sternentod zu Schwarzen Löchern führen. Massenreiche Sterne explodieren am Ende ihres Lebens in einer Supernova und stoßen ihre äußeren Schichten ab. Die Überreste kollabieren und werden auf kleinsten Raum zusammengepresst, hier entsteht dann das Schwarze Loch.

Lebenselixier Wasser

Wir deaktivierten die Raumanzüge, um besser fliegen zu können. Schlagartig wurde es brütend heiß. Sicherheitshalber verband Niki unsere beiden Gürtel mit Karabinern. „Falls mir die Kraft ausgeht bei diesem langen Flug", erklärte er mir zwinkernd. „Nicht das du einen Abflug machst, Alex!" „Wehe!", drohte ich ihm lächelnd. „Los jetzt, bevor ich komplett gegrillt bin! Es ist verdammt warm hier, Niki." Niki breitete seine tollen Flügel aus und begann sie langsam auf und ab zu bewegen. Wir hoben ab und stiegen senkrecht nach oben. Der Fahrtwind und die etwas kühlere Luft in der Höhe taten richtig gut. Wir flogen lange geradeaus. Die Landschaft unter uns war beeindruckend schön. Diese großen und kleinen Dünen mit ihren Schatten und Wellen, soweit das Auge reichte. Meine Gedanken kreisten immer wieder zu Mia. Ob es ihr gut ging. Vielleicht war es doch ein Fehler gewesen, sie alleine mit Sputnik bei den Riesenameisen zurückzulassen. Meine Zweifel wurden von Minute zu Minute stärker. „Niki, bist du sicher, dass die Königin und ihr Volk nett zu Mia sind?", vergewisserte ich mich bei ihm, zum wiederholten Mal. „Alex nerv nicht! Wie oft fragst du noch? Ich sagte doch, dass ich Mia sonst niemals dort gelassen hätte, wenn ich nicht sicher wäre!", empörte sich Niki. „Nimm dein Fernglas und schau, ob du etwas anderes als Sandhügel siehst! Das ist besser als ständig diese bescheuerte Frage!" „Okay", stimmte ich kleinlaut zu.

Wir hatten das Gebiet, das die Ameisen bereits nach Wasser durchforstet hatten, überquert. Niki flog einen riesigen Kreis rundherum. Die Zeit verging, unter uns immer die gleiche Landschaft, sonst nichts. „Alex, ich brauche eine Pause. Ich muss mich kurz ausruhen“, informierte mich Niki nach stundenlangem, ergebnislosem Flug. Wir landeten im Schatten einer riesigen Sanddüne. Erschöpft und frustriert setzten wir uns auf den Boden. Niki holte aus einer Westentasche zwei Riegel hervor und reichte mir einen. „Hier, für Kraft und Ausdauer!“, seufzte er. Ich aß den Riegel und tatsächlich ging es mir augenblicklich besser, ich fühlte mich frisch und voller Tatendrang. „Wow, was ist denn da drin?“, fragte ich verwundert. Niki deutete auf eine entfernte Stelle im Sand und flüsterte: „Alex, schau mal. Da bewegt sich was. Ist das ein Tier? Da hinten sind auch verdorrte, alte Grasbüschel.“ Auf Zehenspitzen schlichen wir hin. Ein kleines, echsenähnliches Tier kroch, halb im roten Sand eingegraben in Richtung Grasbüschel.

Freudestrahlend schauten wir uns an. „Wenn es hier Tiere gibt und altes Gras muss es in der Nähe auch Wasser geben!“, jubelte ich laut. Niki stimmte mir lachend zu. Sofort machten wir uns startklar und hoben ab. Niki flog höher über besagten Ort und ich checkte die Gegend mit meinem Fernglas. Da sah ich etwas Weißes hinter einem entfernten Hügel aufblitzen. War das eine Sinnestäuschung? Da war es wieder! Ich deutete aufgeregt in die Richtung und Niki segelte los.

Je näher wir kamen, umso rätselhafter sah die weiße Fläche aus. „Komisch, das sieht nicht wie Wasser aus! Keine Ahnung, was das ist“, informierte ich Niki mit dem Fernglas vor den Augen. „Wir schauen es uns an!“, meinte Niki neugierig geworden. Die Fläche war gewaltig groß und fast kreisrund, umgeben von hohen Felsen. Wahrscheinlich vor etlichen Millionen Jahren, durch einen Meteoriteneinschlag oder einen Vulkan entstanden. Wir kamen näher und Niki landete auf einem der Felsen am Rand. Wir blickten staunend auf die Fläche. „Das sind Netze! Riesige Netze, soweit das Auge reicht!“, rief ich verwundert. „Wahnsinn! Wer macht so was?“, wollte Niki wissen. „Bei uns auf der Erde gibt es Spinnen, die bauen solche Netze, aber viel, viel kleiner! Das müssten ja Riesenspinnen sein!“ Ängstlich schaute ich mich um. „Und was bezwecken diese Spinnen mit ihren Netzen?“, fragte Niki weiter. „Sie fangen damit ihre Beute! Die Opfer bleiben an den Fäden kleben und kommen nicht mehr weg. Sie zappeln und verfangen sich immer mehr. Durch das Zappeln merkt die Spinne, dass Frischfleisch im Netz hängt. Sie kommt und beißt das Insekt, das Gift lähmt das arme Tier.

Die Spinne wickelt es dann in aller Ruhe mit vielen Fäden ein, um es als lebenden Vorrat zu konservieren“, berichtete ich. „Für uns Menschen sind die meisten Spinnen ungefährlich. In manchen Ländern gibt es giftige Spinnen, die sind nicht so harmlos. Eigentlich sind Spinnen auf der Erde nützliche Tiere, weil sie viele Insekten fangen. Ich habe keine Angst vor ihnen, aber wenn ich die Größe der Netze anschaue …“, ich verstummte.

„Lass uns über die Oberfläche fliegen, ich will wissen, was sich darunter verbirgt. Irgendetwas muss ja die Beute anlocken, möglicherweise Wasser!“ Wir befestigten wieder unsere Karabiner an den Gürteln. Niki nahm seine seltsame Waffe und gab sie mir. „Wenn ich es dir sage, brennst du Löcher in die Netze, damit wir sehen, was darunter ist.“ Ich nickte und wir hoben ab. „Halt bloß genug

Abstand!“, ermahnte ich ihn voller Furcht. Niki flog zu der Mitte der weißen Fläche und stoppte flatternd in drei Meter Höhe. „Jetzt Alex! Und schließe die Augen!“ Ich drückte ab. Ein unangenehmer Geruch entstand, es stank verbrannt. Nachdem das grelle Licht erloschen war, öffnete ich die Augen. Unter uns befand sich ein mindestens fünf Meter großes, an den Rändern verkohltes Loch.

„Alex, schau! Wasser! Ich habe es doch gewusst!“, rief er triumphierend. „Lass uns noch am Rand schauen, wenn da auch Wasser ist, befinden wir uns über einem gigantischen Wasserreservoir!“ Am Rand angelangt, wiederholten wir die Aktion. Nach dem Öffnen der Augen jubelte auch ich. „Juchhuu! Wasser! Wir können zurück zu Mia!“

Vor lauter Freude hatten wir vergessen vorsichtig zu sein. Diesen Fehler bekamen wir sofort zu spüren. Weiße, dicke Fäden knallten um meine beiden Beine, wie Peitschenhiebe und zogen sich fest. Ich schrie vor Schmerzen auf. Ein Krallenfuß von Niki war ebenfalls gefesselt. Er versuchte uns mit aller Kraft seiner Flügel zu befreien. „Verdammt!“, keuchte er vor Anstrengung. Es half nichts. Da sahen wir sie, die behaarte, schwarze Monsterspinne! Sie kam langsam aus einem trichterförmigen Loch am Uferrand gekrochen und fixierte uns mit ihren sechs Augen, erbost. „Niki! Mach was!“, flehte ich panisch. Die Spinne krabbelte mit ihren acht Beinen näher an uns heran, ohne uns aus den Augen zu lassen. „Niki!“, fing ich zu kreischen an. Niki fummelte währenddessen hektisch an seiner Weste herum. „Alex, ich dreh dich zu mir um, umklammere mich so fest du kannst! Das ist unsere einzige Chance!“ Ich spürte, wie er die Flügel einklappte. Hinten aus seiner Weste erklang ein pfeifendes Geräusch und wir wurden mit einer wahnsinnigen Geschwindigkeit in die Höhe katapultiert. Die Fäden zerrissen, wir waren frei! Hoch über dem Geschehen öffnete Niki seine Flügel und wir sanken herab. Völlig erschöpft ließen wir uns in den warmen Sand plumpsen. Ich zitterte am ganzen Körper und fing an zu heulen. Niki betrachtete mich kopfschüttelnd. „Warum weinst du? Ist doch alles gut gegangen. Ich hatte alles im Griff!" „Alles im Griff? Ich habe mir vor Angst fast in die Hose gemacht! Du spinnst doch!", schluchzte ich und wischte mir die Tränen vom Gesicht. Niki nahm mich in die Arme. „Alles ist gut, Alex. Wenn du dich beruhigt hast, fliegen wir zu Mia und Sputnik. Ich hatte auch Angst.", versuchte er mich zu trösten. Kurze Zeit später standen wir auf. Niki nahm ein kleines Fläschchen aus einer seiner Taschen. „Das hat mir die Ameisenkönigin gegeben. Ich soll damit die Fundstelle und den Weg markieren. Diesen Duftstoff kann ihr Volk ewig weit riechen und folgen. Kannst du bitte die Aufgabe übernehmen und ab und zu ein paar Tropfen während des Flugs ausschütten?", er sah mich fragend an. „Klar, kann ich", antwortete ich knapp. Niki nahm sein Kästchen und suchte den kürzesten Weg zum Ausgangspunkt. Es wurde langsam dunkel und die ersten Sterne glitzerten am weiten Himmel. Wir flogen zurück zu Mia, Sputnik und der Ameisenkönigin.

Infos zu: Sterne

Forscher fanden heraus, dass **Sterne** in bestimmten nebligen Bereichen im Weltraum entstehen. In unserer Galaxie, der Milchstraße gibt es zum Beispiel den Carina-Nebel oder den Orionnebel. Dort wurden „Baby Sterne" entdeckt, die gerade mal 30.000 Jahre alt sind. Sterne können mehrere Milliarden Jahre alt werden. Man hat den Nebel untersucht und herausgefunden, dass sich in ihm dichte Wolken aus Staub und vor allem dem Gas Wasserstoff befinden. Sterne bestehen aus Wasserstoff.

Die Schwerkraft der Gasteilchen ist die treibende Kraft in den Wolken. Diese Teilchen ziehen sich gegenseitig an. Die Wolke wird immer dichter und kleiner. Durch den immer höheren Druck steigt auch die Temperatur. Ganz innen wird es irgendwann so heiß, dass die Wasserstoff-Atome miteinander verschmelzen. Aufgrund dieser Reaktion wird sehr viel Energie erzeugt, der Stern beginnt zu leuchten. Die Hitze aus dem Sterninneren erzeugt zusätzliche Hitze und einen Gegendruck. Schließlich wird er zu einer massiven, glühenden Kugel aus Gas. Dieser Prozess dauert viele Millionen Jahre.

Sterne erscheinen uns als kleine Lichtpunkte am Nachthimmel. Das liegt aber lediglich an der großen Entfernung. Sterne sind riesig. Kleine Sterne haben ungefähr den zehnfachen Durchmesser der Erde, große Sterne können Hunderttausendmal so groß sein.

Ein Stern ist uns besonders nah: unsere Sonne. Ihr Durchmesser ist hundertmal so groß wie die Erde. Sie spendet uns Licht und Wärme. Ein Stern bekommt seine Energie aus seinen Wasserstoff-Atomkernen und verbrennt sich langsam selbst. Wenn die Brennstoffvorräte verbraucht sind, wird er dunkel und fällt zusammen oder explodiert als Supernova.

Auch unsere Sonne wird so enden, bis dahin wird sie noch etwa fünf Milliarden Jahre leuchten.

Brodomurr

Während des Fluges sprachen wir kein Wort. Ein Mond erschien am wolkenlosen Himmel und beleuchtete die Wüstenlandschaft unter uns mit seinem warmen Licht. Es herrschte eine zauberhafte Stimmung. Ab und zu schüttelte ich ein paar Tropfen der Ameisentinktur aus dem Fläschchen, damit die Ameisen das Wasser finden konnten. Ich hatte mich wieder beruhigt und freute mich darauf, Mia und Sputnik in die Arme zu schließen. Wir landeten auf dem Hügel oberhalb des Eingangs. Niki befreite mich von dem Karabiner an seinem Gürtel, klappte seine Flügel zusammen und aktivierte seinen Raumanzug. Ich aktivierte ebenfalls meinen Raumanzug. Es reichte schon, dass die Ameisen unseren Sputnik zum Fressen gern hatten. Wir rutschten auf dem Hintern den abgekühlten, roten Sand hinunter.

Unten angelangt, erwarteten uns die zehn Ameisensoldaten vor dem Zutritt zum unterirdischen Ameisenbau. Wir folgten ihnen wortlos in die Gänge. Niki hatte mir ein Licht angemacht, damit ich nicht hilflos im Dunkeln herumstolperte. Wir waren eine geraume Zeit unterwegs, als ich aus der Ferne Mias Stimme hörte. Ich lauschte angestrengt. Da war es wieder! Mia schien lauthals ein Lied zu singen. Wir kamen näher und Mias Gesang wurde immer deutlicher. „Head and shoulders, knees and toes, knees and toes,- head and shoulders, knees and toes, and eyes and ears and a mouth and a nose, head and shoulders, knees and toes, knees and toes!", grölte sie in voller Lautstärke. Niki schaute verwundert. Ich musste lauthals loslachen, als wir die glitzernde Höhle der Königin betraten.

Mia hatte ihren Raumanzug abgelegt und tanzte ausgelassen in ihrem rosa Einhorn-Outfit, laut singend, vor der Ameisenkönigin. Sputnik machte mit, so gut er konnte. Alle anwesenden Arbeiterinnen und Soldaten in der Höhle versuchten sich ebenfalls an dem Tanz. Die Königin konnte sich vor lachen kaum auf ihrem Thron halten. Tränen rannen über ihr Gesicht, sie schnappte nach Luft. „Schluss! Aufhören! Aufhören! Halt! Ich kann nicht mehr!“, befahl sie atemlos vor lauter Lachen. Augenblicklich verharrten alle Untergebene, wie versteinert in der Stellung, in der sie gerade waren. Das sah so lustig aus! Mit einer einzigen Handbewegung erlöste die Königin ihre Untergebenen aus der Starre.

Als Mia mich erblickte, spurtete sie in rasender Geschwindigkeit auf mich zu und sprang mir an den Hals. „Alex, habt ihr Wasser gefunden? Sole hat versprochen, dass sie uns nicht frisst, auch wenn ihr kein Wasser gefunden habt. Die Königin ist echt nett!“, rief Mia. Sie strahlte mich und Niki ausgelassen an. „Mia, wir haben Wasser gefunden!“, warf ich ein. „Toll!“, freute sich Mia und grinste bis zu beiden Ohren. Niki wandte sich an die Königin, die uns erwartungsvoll anschaute. „Wir haben in südwestlicher Richtung einen riesigen See entdeckt. Allerdings ist er unter Tausenden von weißen, klebrigen Netzen versteckt und wird von einer oder mehreren schrecklichen, achtbeinigen Kreaturen bewacht“, berichtete Niki.

„Das ist eine wundervolle Nachricht! Mein Volk wird weiterleben!“, frohlockte die Königin. „Ich habe eine so große Anzahl von Soldaten, keine noch so schrecklichen Kreaturen können meine Armee aufhalten!“

Niki blickte betroffen auf den Boden. „Ich hätte eine Bitte, große Königin. Mein Volk verabscheut Kriege und Gewalt! Kriege bringen immer Leid und Verderben! Das Wasser reicht sicher für alle Lebewesen auf diesem Planeten. Könntet ihr nicht erst mal versuchen mit den Kreaturen zu verhandeln?" Er sah sie fragend an. Sole, die Königin überlegte lange, dann sprach sie: „So soll es sein. Ich sende Boten aus, bei einer Einigung fallen wir nicht über sie her, wenn nicht ...", sie zuckte mit den Schultern und ließ den Satz unbeendet. Niki antwortete mit einem schlichten „Danke."

Zu meiner Schwester gewandt meinte Sole: „Willst du nicht doch hierbleiben?" Mia schüttelte energisch den Kopf. „Nein! Es war sehr lustig und schön bei dir, aber ich muss wieder heim zu meiner Mama und meinen Papa." Die Königin nickte traurig. „Schade, so viel Spaß hatten wir hier noch nie. Ich danke dir liebe Mia. Ich werde die Erinnerung an dich hüten, wie einen Schatz! Lass dich umarmen meine Kleine." Nachdem sie Mia ausgiebig gedrückt hatte, wandte sie sich an uns. „Ich danke euch und wünsche euch viel Glück auf eurer Reise! Ihr seid immer herzlich willkommen!"

Mia packte ihren Rucksack und winkte zum Abschied, dann gingen wir von Soldaten eskortiert die Gänge nach oben. An der Oberfläche angekommen, machten wir uns in der kühlen, mondhellen Nacht auf den Weg zur Rakete. Mia und Sputnik hüpften fröhlich vor uns her. Mia summte ihr Lied und kicherte unentwegt. Niki sah mich von der Seite an. „Alex, wie geht es dir? Du bist so still. Möchtest du lieber nach Hause?", fragte er besorgt. „Wieso? Mir geht es prächtig! Du hast doch immer alles im Griff!", neckte ich ihn. „Cool!", erwiderte er, sichtlich erleichtert, dass ich ihm nicht mehr böse war. „Dann steuern wir den zweiten Planeten an, den ich auskundschaften wollte. Einverstanden?“ „Logo!“, stimmte ich abenteuerlustig zu.

In der Rakete angekommen, machten wir uns routiniert auf den Weg zu einem neuen unbekannten Planeten. Nach einiger Zeit meldete Niki: „Gleich sind wir da. Macht euch bereit und Mia, zieh bitte den Anzug wieder an. Wir steigen sofort nach der Landung aus.“ „Ei, ei Kapitän!“, gähnte ich todmüde. Mia rieb sich schläfrig die Augen. Müde torkelten wir aus der gelandeten Rakete. Es herrschte Morgendämmerung und war angenehm warm. Wir ließen uns auf der kleinen Lichtung ins weiche, dicke Moos fallen. Es duftete herrlich nach Natur pur. „Na gut, dann schlafen wir eine Runde. Mit euch ist jetzt nichts anzufangen, das sieht ein Blinder“, schmunzelte Niki. „Sputnik du hältst Wache und bellst, wenn Gefahr droht!“ Ich merkte im Halbschlaf, wie Niki sich neben uns legte. Dann sank ich ins Reich der Träume.

Ich weiß nicht, wie lange ich geschlafen habe, als mich ein drohendes Knurren weckte. Sputnik! Ich schreckte hoch. Niki saß mit gezogener Waffe neben mir und suchte mit seinen großen gelben Augen das Gelände ab. Bei einer überhängenden Baumwurzel blieb sein Blick hängen. Mit einem gewaltigen Satz schnellte er in die Richtung und versuchte etwas zu packen. Sein Griff ging daneben. Ein höhnisches „Hähää!“, war zu vernehmen. „Sputnik! Fass!“, befahl ich unserem Hund. Wie ein Torpedo stürzte sich Sputnik auf die Stelle und begann wild mit den Vorderpfoten zu buddeln. Er biss in die Erde und riss ganze Brocken heraus und buddelte weiter. Dann hörten wir ein Quieken und Wimmern.

Sputnik zerrte etwas mit aller Kraft zwischen den Wurzeln hervor. Niki griff nach dem zappelnden Etwas. Ich befahl Sputnik loszulassen. Mia zeigte verwundert auf das Wesen. „Das ist ein Zwerg! Guckt mal, der hat meinen Rucksack geklaut! Schaut, da liegt noch mehr. Niki, der hat deine ganzen Taschen geleert." Niki hob den um sich tretenden, schlagenden Zwerg hoch und schüttelte ihn anständig durch. Allerhand Dinge, die uns gehörten, purzelten auf den Boden. Der kleine, dreckige Kerl fing an zu schreien. Niki hob den Sprachumwandler vom Boden auf, während er den tobenden Zwerg weit von sich streckte. Er zielte auf die Stirn des Zwerges und reichte anschließend den Sprachumwandler an uns weiter. „Lasst mich gefälligst runter! Habt ihr keinen Anstand! Ihr hässlichen Riesen!" „Wie heißt du?", fragte Niki. „Das sag ich dir bestimmt nicht! Du grässliches Monstrum!", kreischte der Zwerg bockig. „Lass mich runter!"

„Ich denk gar nicht dran, du kleiner, gemeiner Dieb!", fuhr Niki ihn an. „Ich bin Niki, das sind Alex und Mia, ihren Hund Sputnik hast du schon kennengelernt. Würdest du uns deinen Namen verraten?", versuchte es Niki zum zweiten Mal. „Nö! Auf gar keinen Fall!" Mit verschränkten Armen und trotzigen Blick baumelte er an Nikis ausgestreckten Arm. „Alex, der sieht echt aus wie einer der Gartenzwerge in Omas Garten, findest du nicht?", flüsterte mir Mia leise zu. „Du und Papa, ihr habt euch mal über rote und weiße Zwerge unterhalten, ist der da, ein schwarzer Zwerg, wegen seines Hutes?" Ich unterdrückte einen Lachanfall. „Nein Mia, das ist komplett was anderes. Wenn wir wieder in der Rakete sind, erkläre ich dir, was rote und weiße Zwerge sind." „Was tuschelt ihr da hinter meinem Rücken rum? Ihr heckt bestimmt was Gemeines aus?", wollte der kleine, neugierige Kerl wissen. Ich lachte. „Ich habe mir überlegt, ob Sputnik dich abschlecken soll, bis du uns deinen Namen verrätst." Der Zwerg starrte erst mich und dann Sputnik voller Entsetzen an. „Das könnt ihr nicht machen! Das ist das fieseste, gemeinste, ekligste was es gibt!", begann er zu schluchzen. „Sag uns einfach deinen Namen!", forderte ich ihn genervt auf. „Na gut. Ihr seid so gemein! Ich heiße Brodomurr!", murmelte er schniefend.

INFOS ZU:

Rote Zwerge, weiße Zwerge und rote Riesen

Rote Zwerge sind kleine Sterne, in deren Kern die Umwandlung von Wasserstoff in Helium erfolgt, im Gegensatz zu **Braunen Zwergen**. Etwa drei Viertel aller Sterne sind Rote Zwerge. Die Masse von Roten Zwergen beträgt zwischen 7,5 Prozent und einem oberen Grenzwert zwischen 40 und 60 Prozent der Sonnenmasse. Ist die Masse kleiner, kommt keine Wasserstofffusion zustande, es wäre dann ein Brauner Zwerg.

Im Vergleich zu schweren Sternen, wie der Sonne erfolgt die Kernfusion wesentlich langsamer. Das wirkt sich auf die Leuchtkraft aus. Sie beträgt bei Roten Zwergen nur etwa 0,01 % bis 5 % der, der Sonne. Daraus resultiert auch eine niedrigere Oberflächentemperatur, die von Roten Zwergen zwischen 2.200 und 3.800 Kelvin und der Sonne von etwa 5.800 Kelvin liegt. Damit erscheinen die Roten Zwerge im Vergleich etwas rötlicher, daher ihr Name. Rote Zwerge sind sehr lichtschwach und mit bloßem Auge von der Erde aus nicht zu sehen.

Weiße Zwerge bilden sich aus der Restmasse eines Vorläufersterns, der seine äußere Hülle nach dem Rote-Riese-Stadium als planetarischen Nebel abgestoßen hat.

Es werden zwei Typen nach ihrer Zusammensetzung unterschieden:

CO-Weiße Zwerge, sie gehen aus massearmen Sternen hervor und enthalten Kohlenstoff und Sauerstoff.

FE-Weiße Zwerge sind Überbleibsel massereicher Sterne, die in nuklearen Fusionsprozessen schwere Elemente wie Eisen erzeugen.

Ein **Roter Riese** ist ein großer, massenreicher Stern mit hoher Leuchtkraft. Wenn im Kern eines riesigen Sterns der komplette Wasserstoff zu Helium umgewandelt ist, schrumpft der Kern stetig weiter zusammen. Die Mitte erhitzt sich immer weiter, bis bei einer Kernfusion das Helium in Kohlenstoff umgewandelt wird. Durch den entstehenden Überdruck verwandelt sich der Stern in einen aufgeblähten Roten Riesen.

Paradisus

„Hallo Brodomurr!“, begrüßten wir den mürrischen Zwerg absichtlich voll übertrieben. „Lass mich runter, verflixt nochmal! Du blöder Kerl“, fauchte dieser Niki böse an. „Na, na, na! Wer wird denn so unfreundlich sein? Ich gebe dir einen Tipp. Versuche mal ein bisschen höflicher zu sein.“ Niki hielt sich den trotzigen Zwerg vors Gesicht und schaute ihm direkt in die Augen. „Warum sollte ich zu euch, dummen Dumpfbacken höflich sein?“, empörte sich Brodomurr. Mia mischte sich ein. „Hallo du Zwerg, kapierst du nicht, dass du sonst nicht runter auf den Boden kommst. Scheinst nicht gerade die hellste Leuchte auf diesem Planeten zu sein.“ Brodomurr wurde im Gesicht rot, wie eine Tomate, vor Wut. „Was will dieses Baby von mir? Ich kapiere mehr als du denkst, du Riesenbaby!“ „Ich bin kein Baby, du alter Kotzbrocken!“, hielt Mia dagegen. „Baby! Baby! Baby!“, plärrte der Zwerg und streckte Mia die Zunge heraus. Ich hatte genug von diesem Kasperltheater und griff ein.

„Ruhe jetzt! Brodomurr, wir möchten gerne normal mit dir reden. Bekommst du das hin?“ „Nein, keinen Bock!“, presste er hervor. „Okay, kein Problem. Niki, lass ihn runter, wir brauchen ihn nicht, um diesen Planeten anzuschauen.“ Niki stellte Brodomurr vorsichtig vor sich auf den Boden. Wir sammelten die geklauten Sachen ein, während uns der Zwerg verwirrt beobachtete. „Lasst uns gehen. Komm Sputnik“, rief Niki als wir alles verstaut hatten. Auf einmal hörten wir hinter uns lautes Schluchzen. Wir drehten uns um. Brodomurr weinte mitleiderregend. Er warf sich auf den Boden und heulte lauthals.

„Was ist jetzt wieder los?“, wollte Niki von ihm wissen. „Huh, huh, huhu, ich bin so allein!“, schluchzte er. Tränen kullerten über seine Wangen und sammelten sich im langen, weißen Bart. „Meine Kumpels wurden verschüttet, nur ich bin übrig. Nehmt mich mit. Ich will nicht mehr allein sein.“ Wir verständigten uns mit Blicken. Mia schüttelte erst heftig den Kopf, gab dann aber nach. Ich kniete mich vor dem Zwerg hin. „Brodomurr, wenn wir dich mitnehmen sollen, musst du netter werden, sonst wird das nichts. Verstehst du das?“ „Ja“, antwortete er leise. „Gut. Wir haben ein paar Fragen über diesen Planeten. Gibt es noch andere Lebewesen und wenn ja, welche?“, begann ich. Brodomurr zuckte mit der Schulter. „Das weiß ich nicht genau, ich war fast nur unter der Erde. Wenn ich mal oben war, habe ich keine gesehen.“ Ich fuhr fort: „Weißt du, ob es auf diesem Planeten noch Zwerge, wie dich gibt?“ Brodomurr nickte aufgeregt. „Ich habe gehört, dass in südlicher Richtung eine Reihe hoher Berge sind, dort, bei dem Berg mit fünf Gipfeln soll ein Zwergvolk leben.“ „Prima! Was haltet ihr davon, wenn wir Brodomurr zu den anderen Zwergen begleiten und dabei den Planeten unter die Lupe nehmen?“ Alle stimmten mir zu. „Hauptsache, der stinkende Kerl kommt nicht mit in die Rakete“, flüsterte Mia mir zu. „Das habe ich gehört, Riesenbaby!“, meldete sich der Zwerg. „Ich bin kein Baby, du

Blödmann!", fauchte Mia zurück. Niki und ich verdrehten die Augen. Das konnte ja lustig werden mit den beiden!

Mühsam versuchten wir den sturen Brodomurr zu überzeugen, dass es schneller ginge, wenn wir ihn abwechselnd tragen. Einzig das Argument, dass es auf unserer Schulter sitzend, für ihn sicherer ist als auf den Boden, konnte ihn letztendlich umstimmen. Mia weigerte sich strikt, den garstigen Zwerg zu tragen. Niki setzte ihn sich auf die rechte Schulter. Nun konnten wir endlich los. Die Morgensonne schien angenehm warm auf unsere Rücken. Wir kamen aus dem Wald heraus und vor uns lag eine wunderschöne, herrlich duftende Wiese.

Verschiedene Insekten schwirrten von Blüte zu Blüte. Ich zeigte darauf. „Schau Niki, außer Zwerge gibt es hier Insekten, das ist wahnsinnig wichtig für die Bestäubung von Pflanzen." Niki betrachtete staunend die herumsurrenden Tierchen. „Das ist toll! Auf meinem Planeten muss alles künstlich bestäubt werden, wir haben alle Pflanzen in großen Glashausern", informierte er uns. Brodomurr begann herum zu motzen. „Können wir endlich weiter oder schlagt ihr hier Wurzeln? Blöde Krabbelviecher! Igitt!" Wir gingen weiter durch das kniehohe Gras. Die Landschaft wurde immer hügeliger. Die Sonne stieg höher und es wurde heißer. Schließlich gelangten wir an einen Wald. Bäume soweit das Auge reichte. „Da müssen wir durch, vielleicht sehen wir nach dem Wald endlich die Berge, von denen Brodomurr erzählt hat", meinte Niki. Nach ein paar Metern im Wald wurde es angenehm kühl. Es roch nach Pilzen.

Brodomurr schnupperte aufgeregt in der Luft und schien etwas zu suchen. „Da, da, da!“, juchzte der Zwerg. Er deutet aufgeregt auf einen dicken Baumstamm. Fast wäre er von Nikis Schulter gepurzelt, so hüpfte er auf und ab. Niki erwischte ihn gerade noch am Kragen. „Was soll da sein?“, fragte er neugierig. „Pilze! Die allerleckersten, besten Baumpilze überhaupt! Aber davon habt ihr Idioten keine Ahnung! Los gib mir welche!“, blaffte er Niki an. Niki schüttelte entschieden den Kopf. „Los, mach schon!“, nörgelte der Zwerg weiter. Mia lachte. „Der checkt es einfach nicht.“ Ich stellte mich vor Brodomurr. „Weißt du noch was wir ausgemacht haben? Das mit dem netter sein?“ Der Zwerg verdrehte die Augen und begann: „Liebster, sehr verehrter Niki, hättest du bitte die Güte mir ein paar von diesen hervorragenden Pilzen vom Baum zu pflücken? Ich wäre dir für immer ausgesprochen dankbar! Gut so?“, prüfend sah er mich an. „Na ja, etwas übertrieben vielleicht, aber besser“, grinste ich ihn an. Niki reichte ihm einige Pilze. Zufrieden schmatzend verschlang der kleine Kerl einen Pilz nach dem anderen, während wir uns durch das Dickicht kämpften. Wir kamen an einen Bachlauf mit herrlich erfrischenden, klaren Süßwasser und tranken ausgiebig. Wir folgten dem Bächlein in südlicher Richtung. Nach ungefähr einer Stunde erreichten wir eine zauberhafte Lichtung. Ein etwa 20 Meter hoher Wasserfall ergoss sich in einen großen, klaren, glitzernden See. Umgeben von dunklen Felsen und Bäumen. Wir standen auf einem kleinen Strand aus bunten Kieselsteinen. „Wow, das ist wie im Paradies“, hauchte ich. „Dieser Planet hat alles, was man sich wünschen kann. Findest du nicht, Niki?“ „Ja, wir sollten ihn Paradisus nennen. Er hat eine Lufthülle,

Erde, Süßwasser, Pflanzen ..., wenn nicht noch etwas Schreckliches auftaucht, ist es wahrhaft ein Paradies."

„Kommt, das Wasser ist so herrlich, lasst uns baden!", rief ich Niki und Mia zu. Niki weigerte sich, er müsse auf uns aufpassen. Mia war sofort dabei. Wir zogen uns bis auf die Unterwäsche aus und hüpften in die Fluten. Sputnik sprang laut bellend hinterher. Wir spritzten uns gegenseitig an und tobten ausgelassen. „Mia, hast du Lust, Niki ein bisschen zu verarschen?" „Logo", kicherte sie. „Schwimm du ins flache Wasser am Rand, ich werde in der Mitte abtauchen", flüsterte ich ihr verschwörerisch zu. Kaum war Mia am Ufer angekommen, holte ich tief Luft, riss die Arme hoch und ließ mich in die Tiefe sinken. Unterhalb der Wasseroberfläche schwamm ich so schnell ich konnte hinter den Wasserfall. Atemlos tauchte ich hinter dem Wasservorhang auf und beobachtete belustigt unseren außerirdischen Freund. Niki war aufgesprungen und suchte mit den Augen die Wasseroberfläche nach mir ab. Ich hörte ihn laut nach mir rufen. Er begann panisch zu schreien. „Alex, wo bist du?" Gleichzeitig riss er sich die Flügel und seine Weste runter und stürzte sich mit samt seiner Klamotten ins Wasser. An der Stelle wo ich untergegangen war, tauchte er minutenlang, wieder und wieder ab. Er schien völlig verzweifelt. Ich hatte inzwischen mein Versteck verlassen und tauchte in Richtung Niki. Als Niki mit dem Rücken zu mir, völlig atemlos auftauchte, fragte ich harmlos: „Suchst du was?" Er drehte sich im Wasser zu mir um und starrte mich an. „Wo kommst du jetzt her? Das gibt's doch nicht!", keuchte er benommen. Ich deutete grinsend Richtung Wasserfall.

„Du hast die ganze Zeit zugeschaut, wie ich dich suche?“, fragte er ungläubig. „Spinnst du? Weißt du was ich mir für Sorgen gemacht habe? Das gibt Rache!“ Er stürzte sich auf mich und tauchte mich anständig, bis ich nach Luft japste „Hilfe, das reicht!“, rief ich völlig fertig. „Alex, mach das nie wieder.

Verstanden!“, knurrte Niki und ließ von mir ab. Gemeinsam schwammen wir zum Ufer. Völlig erschöpft legten wir uns auf einen Felsen und ließen uns von den Sonnenstrahlen trocknen. Mia und Sputnik kamen zu uns. Während Brodomurr vor sich hin moserte, dösten wir ein.

INFOS ZU:
Exoplaneten und Teleskope

Nicht nur um unsere Sonne kreisen Planeten. Planeten, die um andere Sterne in weit entfernten Galaxien kreisen, heißen **extrasolare Planeten**. Sie sind sehr schwer zu finden, da sie nicht selbst leuchten und unglaublich weit von unserer Erde entfernt sind.

Seit dem Jahr 1992 wurden mehr als 4.000 dieser **Exoplaneten** entdeckt. Die größte Anzahl der bereits entdeckten Planeten sind riesige, heiße Gasplaneten, die viel größer als unsere Erde sind. Aufgrund der immer weiter verbesserten Weltraumteleskope werden in letzter Zeit jedoch auch kleinere Planeten gefunden. Darunter befinden sich sogenannte „Super-Erden", die nur etwas größer sind als unsere Erde.

Grund für die Forschung im unendlichen Universum war die Suche nach außerirdischen Lebensformen und gegebenen falls eine Ersatzheimat für Menschen. Letzteres ist unrealistisch und technisch unmöglich, da die Entfernungen zu diesen Exoplaneten viel zu groß sind.

Besonderes Interesse gilt nach wie vor den Exoplaneten, die ähnlich wie die Erde sein könnten.

Bereits seit 2009 war das Kepler-Weltraumteleskop im All unterwegs um Exoplaneten in anderen Planetensystemen zu entdecken.

2015 fand Kepler den roten Zwergstern K2-18. Er befindet sich im Sternbild Löwe, 110 Lichtjahre von uns entfernt. 2017 zeigte das Spitzer-Weltraumteleskop der NASA, dass sich der Exoplanet K2-18b in der bewohnbaren Zone um seinen Stern bewegt, in der flüssiges Wasser und theoretisch Leben möglich ist. 2019 wurde erstmals der Nachweis von Wasserdampf in der Atmosphäre von K2-18b erbracht. Das war eine astronomische Sensation. Weitere Beobachtungen folgten unter anderem mit „Hubble“.

Bevor „Kepler“ 2018 der Treibstoff ausging, hatte er Tausende Exoplaneten gefunden. Einige davon könnten durchaus erdähnlich sein. 2018 schoss die NASA das Weltraumteleskop „Tess“ ins All, um Planeten wie die Erde zu finden. Während „Kepler“ wie ein Scheinwerfer nur in eine Richtung schauen konnte, hat „Tess“ 85 Prozent des Firmaments im Visier.

Im November 2021 soll das neue „James Webb-Weltraumteleskop“ ins Weltall gebracht werden. Dieses 10-Milliarden-Dollar-Projekt soll 1,5 Millionen Kilometer über der Erde operieren und einen völlig neuen Blick aufs Universum ermöglichen.

Freier Fall

Etwas kitzelte mich an der Nase. Ich erwachte. Hatte ich alles nur geträumt? Nein. Unser außerirdischer Freund, saß lächelnd mit einem Grashalm in den Krallenfingern neben mir.

„Aufwachen, du Schlafmütze! Alex, wir müssen weiter." Ich richtete mich müde auf und sah zu Mia. Sie war angezogen und aufbruchsbereit. Verblüfft musterte ich Brodomurr und Sputnik. „Da habe ich wohl was verpasst!", stellte ich erstaunt fest. Der kleine, garstige Zwerg schien sich mit unserem Hund angefreundet zu haben. Stolz saß er auf Sputniks Rücken und hielt sich am Hundegeschirr fest. Alle warteten auf mich. In Windeseile zog ich mich an. Fertig! „Na endlich! Wird ja Zeit, du lahme Schnecke!", meckerte Brodomurr, nett wie eh und je.

Wir wanderten eine gefühlte Ewigkeit durch den dichten Urwald in Richtung Süden. Außer unserer Schritte und das Knacken der Zweige unter unseren Füßen war es unheimlich still. Urplötzlich endete der Wald und wir standen an einem steilen Abhang. Vor uns befand sich ein tiefes Tal, dahinter die gesuchte Bergkette. „Guckt, da ist der Berg mit den fünf Gipfeln! Bald sind wir den Motzzwerg los!", stellte Mia erfreut fest. „Ich bin auch froh, wenn ich dein Babygesicht nicht mehr sehen muss!", giftete der Zwerg zurück. Ich unterbrach sie. „Überlegt lieber, wie wir da hinunterkommen, anstatt euch ständig zu streiten." „Am schnellsten ging es, wenn ich euch fliege", schlug Niki vor. „Au ja! Ich will fliegen."

Mia war hellauf begeistert. Ich hatte auch nichts dagegen, nur Brodomurr machte Stress.

Niki flog zuerst mich auf die andere Seite des Tals und setzte mich neben einen großen, einzelnen Felsbrocken ab. Danach brachte er Mia. „Das war so cool! Ich hätte noch stundenlang mit Niki fliegen können.“, schwärmte Mia überglücklich. Niki holte währenddessen Sputnik mitsamt, den vor Angst ohnmächtigen Zwerg. Als Brodomurr wieder bei Sinnen war, musterte er mit Kennerblick die gigantischen Felswände vor uns. Zielstrebig schlängelte er sich durch die Felsbrocken und begann dann wieselflink, bergauf zu klettern. Sputnik konnte mithalten, aber wir anderen hatten enorme Mühe ihm zu folgen. Der kleine Kerl schien es sehr eilig zu haben. „Wo bleibt ihr denn? Geht’s nicht schneller, ihr lahme Truppe!“, schnauzte er uns von weit oben an. Als Mia nicht mehr konnte, nahm ich sie huckepack auf meinen Rücken. Völlig fertig, kam ich mit meiner Schwester endlich auf dem Felsvorsprung an. Mia rutschte von meinem Rücken. Ich ließ mich auf alle Viere fallen und keuchte wie eine alte Dampflok.

„Hopp, auf geht’s! Rein in die gute Grube!“, freute sich Brodomurr offensichtlich. Niki half mir auf. „Alles okay, Alex? Warum hast du nichts gesagt, ich hätte dir doch geholfen.“ Mitfühlend sah er mich an. „Alles gut. Passt schon“, entgegnete ich mühsam. Ich rappelte mich auf. Nacheinander betraten wir den versteckten Eingang zu einem riesigen Tunnelsystem. Niki schaltete sein Licht ein. Wir folgten Brodomurr durch die zahlreichen Gänge. Zwischendurch blieben wir immer wieder stehen und riefen. „Hallo! Ist hier jemand?“ Nichts rührte sich. Je tiefer wir ins Berginnere vordrangen umso mulmiger wurde es mir.

Ein ohrenbetäubender Knall ließ den Berg um uns erbeben. Wir fielen vor Schreck auf die Knie und hielten uns die Ohren zu. Sputnik jaulte auf. Brodomurr stand breitbeinig vor uns. Seine kleinen Augen funkelten erregt. Mia schlotterte am ganzen Körper.

„War das ein Urknall, Alex?“ Ich nahm sie in die Arme und schüttelte den Kopf. „Nein, Mia.“ Der Zwerg unterbrach mich triumphierend. „Das war eine Explosion, du unwissendes, dummes Baby!“

Da erfasste eine kolossale Druckwelle das Gestein um uns herum. Steinbrocken lösten sich von den Tunnelwänden und polterten herunter. Der Boden des Tunnels begann sich zu bewegen. Erste Risse erschienen. Stück für Stück zerbrach der Boden unter unseren Füßen und stürzte in die Tiefe. Mia und ich kreischten vor Angst auf. Es gab absolut keine Möglichkeit, sich irgendwo festzuhalten. Alles war in Bewegung. Ein Loch tat sich auf und wir fielen im freien Fall etliche Meter abwärts. Niki knallte zuerst auf die harten Steine. Mia und ich purzelten auf den armen Niki. Danach Sputnik mit Brodomurr. Nachdem keine Brocken mehr auf uns fielen und der Staub sich langsam legte, sah ich mich vorsichtig um. Niki stöhnte leise. Wir krabbelten nacheinander von ihm runter. Mir tat alles weh, ich tastete mich ab. Zum Glück war nichts gebrochen. Mia schien nur ein paar blaue Flecken zu haben. Sputnik und der Zwerg waren okay. Am schlimmsten hatte es Niki erwischt. Er biss die Zähne zusammen, obwohl er offensichtlich Schmerzen hatte. Ich buddelte Nikis Licht unter einer dicken Staubschicht aus und richtete den Lichtstrahl nach oben. Wir saßen in einem mindestens acht Meter tiefen, engen Loch fest. Panik stieg in mir auf. Ich begann hektisch zu atmen. Niki fasste mich bei den Händen und versuchte mich zu beruhigen. „Alex, wir finden einen Weg. Alles wird gut.“ Ich sah zu meiner kleinen Schwester, die mich vertrauensvoll anblickte. Ich dachte nach. Hochklettern fiel flach, die Wände waren zu glatt. Eine Räuberleiter vielleicht? Nein, selbst mit einer Pyramide aus Niki, mir und Mia, würden wir niemals den oberen Rand erreichen. Ich musste ruhig bleiben und nachdenken.

Ich schnappte mir Mias Rucksack, um meine bibbernde Schwester in die pinkfarbene Decke einzuwickeln. Mit der Decke plumpste mein Muschelhorn, das Geschenk von Uri und seiner Familie aus dem Rucksack. Ich kramte hektisch weiter im Rucksack. Ja, da war die metallene Popcornschüssel, die ich zu Sputniks Kopfschutz umgewandelt hatte. Niki beobachtete mich interessiert. „Brodomurr, wenn das vorhin eine Explosion war, folgere ich daraus, dass Zwerge hier im Berg sind. Stimmst du mir zu?“ Der Zwerg nickte zustimmend. „Meine Idee wäre, so viel Krach zu machen, dass die Zwerge uns irgendwann hören. Was meint ihr? Sollen wir es versuchen?“, fragte ich meine Mitgefangenen. Alle wollten es probieren. Wir stopften uns ein zerrupftes Taschentuch in die Ohren. Niki und Mia bewaffneten sich mit einem faustgroßen Stein und schlugen damit auf die Metallschüssel ein. Ich blies in mein Muschelhorn. Sputnik jaulte wie eine Sirene. Brodomurr sang in den tiefsten Tönen und klopfte Steine aneinander. Es war ein Höllenlärm. Nach einigen Minuten stoppten wir und lauschten. Nichts. Wir begannen erneut. Auf einmal deutete Brodomurr aufgeregt nach oben. Wir verstummten abrupt. Da waren rund ums Loch etliche Paare Stiefel zu sehen und dann bärtige Gesichter, die uns voller Neugier beobachteten. Mir fiel ein Stein vom Herzen, so erleichtert war ich.

Brodomurr übernahm sofort das Wort. „Hey, Kumpels! Schaut, dass ihr uns hier rausholt!

Aber ein bisschen plötzlich, bitte!“, brüllte er freudestrahlend. „Was sind das für seltsame Wesen bei dir unten? Sind die gefährlich? Vielleicht sollten wir die lieber unten lassen.“

„Die tun euch nichts. Die sind zwar groß und zum Teil etwas doof, aber harmlos“, versicherte ihnen der freche Brodomurr. Die Zwerge knoteten geschickt mehrere Seile zusammen und warfen das eine Ende zu uns hinab.

Mir trat der Angstschweiß auf die Stirn. Ich hasste Kletterseile. In der Schule, beim Sportunterricht, hatte ich am Seil jedes Mal krass versagt und meine Sportnote ruiniert. Ich kam einfach nicht hoch! Um mich abzulenken, packte ich Mias Rucksack und schielte dabei zum Seil. Zuerst kletterte Brodomurr mit rasender Geschwindigkeit empor. Mia folgte ihm außergewöhnlich geschickt. Das konnte sie definitiv tausendmal besser als ich. Niki forderte mich auf, zum Seil zu gehen. Ich schüttelte resigniert den Kopf. „Was ist los, Alex?“, wollte Niki wissen. „Ich kann das nicht! Ich komm da nicht hoch!“, gestand ich ihm leise mit hochrotem Kopf. Es war mir so peinlich, ich hätte heulen können. Niki umarmte mich und flüsterte mir ins Ohr. „Kein Problem Alex, ich lasse mir was einfallen. Niemand kann alles!“ Er zwinkerte mir verschwörerisch zu und nahm Mias Rucksack. Geschickt hangelte er sich am Tau hoch und warf mir anschließend das Seil für Sputnik runter. Ich knotete es an seinem Hundegeschirr mit einem speziellen Kletterknoten fest. Wenigstens den konnte ich perfekt. Gemeinsam zogen sie den winselnden Hund hoch. Nun war ich an der Reihe. Niki ließ das Seil herunter und gab mir Anweisung, es fest an den Karabiner an meinem Gürtel zu befestigen. Ich packte mit beiden Händen das Seil. Während mich alle oben mit vereinten Kräften hochhievten, stützte ich mich mit den Beinen an der Wand ab. Endlich angekommen war ich völlig fertig und froh zugleich. Dank Niki ist niemanden aufgefallen, dass ich nicht Seilklettern konnte.

Einer der fünf Zwerge, er schien ihr Anführer zu sein, bat uns, ihm zu folgen. Ich nahm Mia bei der Hand und war unendlich dankbar für Nikis Licht in den finsteren Gängen unter Tag.

INFOS ZU:
Urknall

Seit Menschengedenken rätselt man über den Ursprung des Seins. In unterschiedlichen Religionen glaubte man, dass eine höhere Macht (Gott/Götter), das Universum zu einem bestimmten Zeitpunkt erschaffen hat.

Aus wissenschaftlicher Sicht soll nach heutigem Verständnis der Beginn des Universums mit dem **Urknall** entstanden sein. Vor etwa 13,8 Milliarden Jahren. Der Urknall war somit der Anfang der Entstehung von Materie, Raum und Zeit.

Das Universum war zu diesem Zeitpunkt angeblich unvorstellbar klein und unglaublich heiß. Diese komprimierte Energie explodierte und dehnte sich in unendlicher Geschwindigkeit aus. Physiker konnten mit den Beobachtungen des Hubble-Teleskops belegen, dass es so gewesen sein muss. Das Universum dehnt sich auch heute noch weiter aus. Zwar erheblich langsamer als am Anfang, aber messbar.

Kurze Zeit nach dem Urknall soll das All ungefähr zehn Billionen Grad heiß gewesen sein. Die ersten Elementarteilchen entstanden. Sekundenbruchteile später Protonen und Neutronen. Das Universum kühlte im Laufe der Zeit weiter ab. Bei circa 2.700 Grad Celsius entstanden die ersten Wasserstoffatome, Lithium und Helium. Die ersten Gaswolken bildeten sich nach 100 bis 200 Millionen

Jahren und Sterne begannen zu leuchten. Es wird vermutet, dass es damals schon Planeten gab, die um ihre Sonnen kreisten. Unser Sonnensystem entstand vor etwa 4,5 Milliarden Jahren.

Letzten Endes sind Antworten auf die Fragen, warum das Universum zu existieren begann und was vor diesem Anfang war, reine Spekulationen der Wissenschaft. Niemand kennt die hundertprozentige Wahrheit.

Zwergen Welt

Wild gestikulierend ging Brodomurr mit den anderen Zwergen voran. Er plapperte wie ein Wasserfall, die anderen hörten aufmerksam zu. Wir stapften ewig durch die eintönigen, finsteren Grubengänge. Ich sehnte mich nach frischer Luft, Himmel und Sonne. Endlich kamen wir in eine größere Höhle. Genau mittig brannte ein großes Feuer. Es herrschte reges Treiben. Mit Spitzhacken bewaffnete Zwerge wuselten hin und her. Andere schleppten Säcke mit irgendwelchen Steinen. Wieder andere sortierten die Steine und verteilten sie auf verschiedene Haufen. Bei genauerem Betrachten war doch eine gewisse Ordnung in dem ganzen Chaos zu erkennen. Unserer Anführer mit Namen Thori führte uns zum Chef des Zwergenvolks.

Norgrim betrachtete uns mit grimmiger, düsterer Miene. Er saß kerzengerade auf einem erhöhten, schwarzen Steinthron und sah Ehrfurcht einflößend aus. Alles an ihm war pechschwarz. Die Kleidung, die Haare, der lange Bart, sogar seine kleinen Augen. „Wo kommt ihr her? Was macht ihr hier in meinem Reich? Wir wollen keine Fremden!“, schnauzte er uns an. Er schien äußerst schlecht gelaunt. Der immer freundliche Niki, antwortete ihm höflich. „Sei gegrüßt, Norgrim. Wir kommen aus fernen Welten. Mein Name ist Nikipapademus, das sind meine Freude Alex, Mia und ihr Hund Sputnik. Mein Volk lebt auf dem Planeten Xerxes, leider ist der Lebensraum auf meinem Planeten begrenzt, deshalb suchen wir eine neue Heimat. Euer Planet erscheint mir wunderschön und relativ unbewohnt. Wir könnten Handel treiben." „Pipikakaichmuss", wisperte mir Mia hinter vorgehaltener Hand ins Ohr. Krampfhaft unterdrückte ich ein auflachen. „Das interessiert mich nicht! Ich mag keine Fremden!", unterbrach Norgrim Niki abrupt. „Ihr langweilt mich! Steckt sie in die Kammer!", befahl er drei seiner Untergebenen. Niki wollte ihn umstimmen, Norgrim wehrte mit einer Handbewegung ab. „Aus meinen Augen! Hinfort mit ihnen!"

Wir wurden in einen dunklen Raum gebracht, am Eingang wachten die drei Zwerge mit ihren Spitzhacken. Als einen von ihnen erkannte ich Thori, er zwinkerte mir zu. Genervt sah ich weg. So ein Mist! Wir waren gefangen! Selbst wenn keine Aufpasser am Eingang wären, kämen wir nicht weit. In welche Richtung sollten wir fliehen? Den Gang zurück würde Sputnik schon finden, aber der war mittendrin verschüttet. Kein Durchkommen möglich.

Mia begann zu maulen. „Alex, ich will nicht bei den garstigen Zwergen bleiben!" „Mia, ich auch nicht und Niki will sicher auch weg von hier. Sputnik sowieso. Wir überlegen uns was." Ich blickte zu Niki, er zuckte hilflos mit den Schultern. Wir hatten uns nebeneinander auf den harten Boden in eine Ecke gesetzt und überlegten angestrengt. Mir wollte nichts einfallen. Ich sah, wie Brodomurr an unserem Gefängnis vorbeischlenderte und sich angeregt mit Thori unterhielt. Er winkte uns freudig zu. Na, toll!

Langsam wurde es ruhiger in der Höhle, die Wachen hatten sich ebenfalls auf den Boden gesetzt und gähnten abwechselnd. Mia war in meinen Armen eingeschlafen, Sputnik döste etwas. Ich lauschte angestrengt. Da war vereinzelt lautes Schnarchen zu hören. Niki horchte auch, wir schauten uns an. Es schien Nacht zu sein. Zwei der Wachen schliefen, nur Thori war wach. Leise erhob sich der Zwerg und kam zu uns geschlichen. „Wir helfen euch hier raus.

Kommt!", wisperte Thori und winkte uns, ihm zu folgen. Schnell weckte ich Mia und legte den Finger an den Mund. Mia kapierte sofort. Auf Zehenspitzen durchquerten wir den Raum. An den Wachen vorbei, schauten wir in die Höhle. Mindestens hundert Zwerge lagen ausgestreckt am Boden, schliefen und schnarchten. Hoffentlich blieb das auch so. Verblüfft entdeckte ich auf der anderen Seite Brodomurr vor einem dunklen Gang. Er machte uns Zeichen, zu ihm zu kommen. Gemeinsam mit Thori huschten wir an den Felswänden entlang zu Brodomurr. Zusammen tauchten wir ab in den dunklen Tunnelgang. Anfangs nahm Niki, Mia und mich an der Hand, da wir im Dunkeln nichts sehen konnten. Als wir weit genug von der Höhle entfernt waren, machte er uns wieder Licht. Wir waren so froh!

Ich wandte mich an Thori und Brodomurr. „Warum helft ihr uns?" „Brodomurr hat mich überzeugt, dass ihr freundliche, ehrliche Lebewesen seid, die diese Behandlung von unserem Boss nicht verdient haben", erklärte Thori. „Echt jetzt!" Ich war total überrascht. Unser garstiger, Motzzwerg rettete uns vor der ewigen Finsternis. Das war kaum zu glauben.

Brodomurr mischte sich mit einem Blick auf Mia, ein. „Ich wollte nicht ewig das Riesenbaby ertragen und außerdem mag ich euren Hund." Mia schnitt eine gruselige Grimasse und streckte ihm die

Zunge raus. Ich musste lachen. Niki wandte sich an Thori. „Hoffentlich bekommst du nicht Mordsärger wegen uns.“ „Nö, unser Chef ist total vergesslich! Morgen weiß er wahrscheinlich gar nicht mehr, dass ihr bei uns wart. Hauptsache, seine Edelsteinsammlung wächst stetig. Das mit dem Handel, was du angesprochen hast, find ich aber super. Brodomurr hat mir von so leckeren Pilzen erzählt“, er leckte sich genießerisch über die Lippen. Niki schmunzelte. „Ich habe vor, mit meinen Eltern diesen Planeten genauer zu erkunden, ich bringe euch dann einen ganzen Berg von Pilzen mit. Abgemacht!“ „Abgemacht!“, strahlten die beiden Zwerge um die Wette.

„Gleich sind wir am Ausgang. Von dort aus ist es nicht mehr allzu weit, bis zu Brodomurrs ehemaligen Berg“, meinte der redselige Zwerg. Da Niki die Koordinaten der Rakete aus Versehen nicht gespeichert hatte, mussten wir Thori um weitere Hilfe bitten. „Ihr müsst in Richtung Sternbild Cassiopeia gehen, dann kommt ihr genau hin“, erklärte uns Thori. Niki schaute verwirrt zu Thori. „Was ist ein Sternbild?“ „Von unserem Planeten Erde aus habe ich oft Cassiopeia gesehen. Lass uns vergleichen, ob das Sternbild von deinem Planeten aus, ähnlich aussieht“, forderte ich Thori auf. Der Zwerg nickte.

Endlich traten wir aus dem dunklen Gang und standen auf einem großen Hochplateau. Um uns herum Berggipfel an Berggipfel, auf einigen lag Schnee. Es war eine wunderschöne, klare Nacht. Zwei Monde schienen am Himmel, tausende Sterne funkelten. Die Luft roch frisch und war angenehm warm. Wir atmeten tief ein, das tat so gut. Ich studierte intensiv die Sterne am Himmel. Da war ein Sternbild, dass aussah wie Cassiopeia von der Erde aus gesehen.

Ich deutete darauf und sah fragend zu Thori. Der Zwerg streckte seinen Daumen hoch und lächelte anerkennend. Ich konnte es beim besten Willen nicht verstehen. Auf diesen endlos weit entfernten Planeten sahen die Sternbilder beinahe so aus, wie bei uns zu Hause und hatten anscheinend auch noch dieselben Namen. Unbegreiflich, ein weiteres Rätsel. Ich schüttelte den Kopf.

Wir dankten Thori und Brodomurr für unsere Rettung. Thori verabschiedete sich herzlich, Brodomurr mürrisch von uns. „Auf nimmer Wiedersehen, Babygesicht!“, neckte er Mia ein letztes Mal. Sputnik umarmte er sogar. Dann waren sie verschwunden. Niki blickte prüfend in die Richtung, in der die Rakete sich befand. „Wenn ich die Strecke so anschaue, ist es sicher der schnellste Weg zu fliegen. Was meint ihr?“ Er sah uns fragend an. „Au ja! Ich will zuerst! Bitte, bitte, bitte …“, jubelte Mia aufgeregt. Niki stimmte ihr zu. Zuerst wollte er Mia in der Rakete abliefern, da war es sicher. Danach würde er Sputnik abholen und zuletzt mich. Ich beobachtete unseren außerirdischen Freund, wie er mit meiner Schwester abhob und davon flog. Ich wusste, dass ich mir keine Sorgen machen brauchte.

An der Felswand machte ich es mir mit Sputnik auf dem Schoß bequem. Ich kraulte ausgiebig unseren Hund und genoss die friedliche Ruhe und die fantastische Landschaft. Es dauerte nicht allzu lange und Niki war zurück. Sputnik winselte kläglich, als er angegurtet wurde, fliegen war nicht so sein Ding. Er ertrug es aber ruhig, ohne zu zappeln, weil er Niki vertraute. Ich war froh als Niki mich abholte. Während des Fluges entdeckte ich etwas Komisches. Ich gab Niki ein Zeichen und er flog einen Kreis um das seltsame

Objekt. War das ein riesiges Nest? Niki kreiste tiefer. Verborgen zwischen großen Felsbrocken sahen wir ein gigantisches Nest mit drei unglaublich großen Eiern. Alarmiert schauten wir uns in alle Richtungen um. Zum Glück war weit und breit nichts zu sehen. Niki nutzte ab jetzt vorsichtshalber jede mögliche Deckung. Bei der Rakete angekommen stiegen wir augenblicklich ein und atmeten auf. „Tja, vielleicht gibt es in diesem Paradies doch etwas Schreckliches. Super, dass du die Eier gesehen hast, Alex!“ Nach der Schleuse begaben wir uns nach oben, zu Mia und Sputnik, die uns bereits sehnsüchtig erwarteten.

INFOS ZU:
Sternbilder

Um sich am Himmel bei all den vielen mit bloßem Auge sichtbaren Sternen besser zurechtzufinden, wurde schon vor vielen Jahrtausenden der Sternenhimmel in einzelne Bereiche aufgeteilt. Diese Bereiche sind die **Sternbilder**, in denen hellere Sterne leicht erkennbare Muster bilden. Jeder einzelne Stern hat seine feste Position. Deshalb nennt man diese Sterne „**Fixsterne**". Es handelt sich, mit wenigen Ausnahmen, nur um Sterne unserer Galaxie, der Milchstraße.

In vielen Kulturen waren Sternbilder ein wichtiges Orientierungsmittel und insbesondere für die Seefahrt von großer Bedeutung.

Heute gibt es 88 Sternbilder. In der klassischen Antike waren bereits 48 dieser Sternbilder bekannt. Einige dieser Sternbilder wurden schon vor circa 7.000 Jahren erfunden.

In 24 Stunden dreht sich unsere Erde um ihre Achse, von West nach Ost. Für einen Beobachter auf der Erde, dreht sich der Sternenhimmel daher ganz langsam um einen Punkt, der senkrecht über den Nordpol liegt. Die Drehgeschwindigkeit des Sternenhimmels von Ost nach West beträgt 15 Grad pro Stunde. Auf diese Weise kann man anhand der Drehung der Erde den Lauf der Zeit messen. Bei Nacht kann man an der Stellung der Sterne die Zeit ablesen, am Tag dient der Stand der Sonne dazu. Geübte Sternenbeobachter können mit einem Blick zum Nachthimmel die Zeit bestimmen und auf welchen Breitengrad man sich befindet.

Zum Kennenlernen der Sternbilder gibt es drehbare Sternkarten, auf dieser Karte muss man den Ausschnitt, des über sich befindlichen Sternenhimmels einstellen und kann dann dadurch, weitere Sternbilder entdecken. Eine modernere Methode ist eine geeignete Astronomie-App mit einem Smartphone.

Einige Sternbilder am Nordhimmel: Cepheus, Eidechse, Drache, Schwan, Leier, Bärenhüter,

Großer Bär, Luchs, Perseus, Cassiopeia, …

Einige Sternbilder Ekliptik, Äquator: Pegasus, Rabe, Schlange, Adler, Wassermann, Waage, Jungfrau, Löwe, Zwillinge, Stier, Skorpion, Schütze, Fische, …

Einige Sternbilder Südhimmel: Kranich, Südliche Krone, Teleskop, Altar, Pfau, Kreuz des

Südens, Schwertfisch, Netz, Phoenix, Wasserschlange, …

xerxes

Niki machte es sich in seiner gewohnt lässigen Art in seinem Sessel bequem. „Was haltet ihr davon, wenn wir jetzt meinen Heimatplaneten ansteuern? Habt ihr Lust?“ „Au ja, furchtbar gerne. Dort darf ich alleine mit den Flugdingern fliegen, das hast du mir versprochen!“, erinnerte Mia sogleich. Niki lachte. „Na klar doch! Versprochen ist versprochen!“ Er wandte sich an mich. „Und du Alex? Wäre es okay für dich?“ „Natürlich, ich bin schon meganeugierig auf deinen Planeten!“ Niki streichelte Sputnik am Kopf. „Ich habe übrigens auch einen tierischen Gefährten. Ich freue mich sehr auf ihn. Aber mehr wird nicht verraten!“, stoppte Niki sofort meinen Ansatz, ihn auszufragen. „Dann eben nicht“, murmelte ich ein klein wenig beleidigt.

„Ab in die Sitze und angeschnallt! Wir starten augenblicklich.“ Er tippte auf der Konsole vor sich, die gewünschten Koordinaten ein und startete gleichzeitig die Antriebsdüsen der Rakete. Das wohlbekannte Brummen und Wackeln begann. Ein Kontrollblick zu Mia und Sputnik. Alles perfekt. Das hohe Pfeifen erklang und dann der Knall. Mit voller Schubkraft ging es ab nach Xerxes.

Wir flogen gerade mal 30 Minuten als Niki nach vorne deutete. „Seht ihr den kleinen Punkt da vorne? Das ist Xerxes.“ Mia und ich starrten gebannt auf den Punkt, der schnell größer wurde. Der Planet erschien aus der Ferne komplett blau und hatte, wie unsere Erde eine hellblaue Hülle. Seine Sonne beschien den Teil vor uns und als wir näher kamen, wurden weiße Stellen mitten im unendlichen Blau sichtbar. Niki drosselte etwas die Geschwindigkeit als wir die Lufthülle durchbrachen. Wir näherten uns rasant der Meeresoberfläche. Niki bremste langsam ab. Vor uns erschien, auf einem hohen Berggipfel, eine sensationelle schöne Stadt. Etliche blendend weiße Türme ragten in den azurblauen Himmel. Diese Türme waren untereinander mit luftigen Stegen verbunden. Gebäude mit durchsichtigen Kuppeln wurden sichtbar und große Plattformen auf Stelzen. Zahlreiche schwarz gekleidete Gestalten, die ähnlich wie Niki aussahen, bewegten sich zu Fuß oder flogen. Niki landete die Rakete auf einer der kleineren Plattformen im oberen Bereich der Stadt. Er strahlte und freute sich sichtlich, zu Hause zu sein. Wir zogen unsere Anzüge aus und verstauten sie wieder in der Raketenwand. Niki reichte uns seinen Sprachumwandler und forderte uns auf, das Gerät auf ihn zu richten, damit wir sein Volk und seine Eltern verstehen konnten. Mia und mir wurde es etwas mulmig zumute. Hoffentlich waren alle Bewohner von Xerxes genauso nett, wie Niki.

Nach der Schleuse öffnete Niki die Luke und wir betraten nacheinander den Planeten Xerxes. Erst Niki, dann Mia in ihrem Einhorn-Outfit, danach Sputnik und ich. Sofort waren wir umringt von einer großen Anzahl der Bewohner, die uns staunend betrachteten. Niki begrüßte freudig etliche Freunde und ging zielstrebig auf einen der Türme zu. Mia und ich standen mit Sputnik schüchtern vor der Rakete und trauten uns nicht weiter. Wir kamen uns vor wie Tiere im Zoo. An der Tür zum Turm angelangt, drehte sich Niki nach uns um. „Alex, Mia, wo bleibt ihr denn? Lasst doch mal meine Freunde durch!", befahl Niki genervt. Ein schmaler Durchgang öffnete sich und wir beeilten uns, zu unserem Freund zu kommen. Die Tür am Turm öffnete sich automatisch und Niki schob uns schnell hinein. „Ich stell euch erst mal meinen Eltern vor. Später zeig ich euch alles." Wir fuhren in einer gläsernen Röhre in eine höhere Etage des Turms. Um uns herum, war alles entweder weiß oder durchsichtig. Wir stoppten vor einer weißen, zweiflügligen Tür. Rechts und links standen zwei große, grimmig schauende, schwarz gekleidete Wachen. „Hallo Cadrix, sind Mum und Dad da?", fragte Niki einen von ihnen. Der Angesprochene nickte und öffnete uns die Tür. Voll eingeschüchtert traten Mia und ich, gefolgt von unserem Hund ein. Der Raum war ein riesiger, sehr elegant eingerichteter Saal mit etlichen Sitzgelegenheiten und einer gigantischen Fensterfront. Der Ausblick auf die weiße Stadt war spektakulär. Niki stürmte auf seine Eltern zu und umarmte sie stürmisch. Wir blieben stehen und rührten uns nicht. Nikis Vater und Mutter sahen beeindruckend aus. Sie hatten eine Ausstrahlung wie ein König und eine Königin. Beide waren komplett weiß gekleidet und hatten auch weiße Haare. Ihre Krallenfüße und Krallenhände waren gelb, wie bei Niki, ebenso die großen Raubvogelaugen. Nach der Begrüßung wandte sich Niki zu uns. Er stellte uns seinen Eltern vor. „Das sind meine Freunde vom Planeten Erde. Das ist Alex, das Mia und ihr Hund Sputnik. Sie haben mir geholfen, als ich auf der Erde notlanden musste. Danach haben wir noch einige hammermäßige Abenteuer erlebt." Die beiden kamen auf uns zu. Nikis Vater reichte uns eine Krallenhand und drückte uns vorsichtig die Hände. Nikis Mutter umarmte uns lächelnd. „Danke, dass ihr Nikipapademus geholfen habt. Ich heiße euch herzlich willkommen auf Xerxes. Fühlt euch wie zu Hause.“ Danach wandte sie sich an Sputnik und begrüßte ihn.

„Ich möchte meinen Freunden die Stadt zeigen, ist es in Ordnung, wenn wir abends zum Essen kommen?“, fragte Niki seine Eltern. „Sehr gerne! Wir sind sehr gespannt auf eure Erlebnisse. Bis dann!“ Wir waren entlassen und folgten Niki nach draußen. „Niki, bist du ein Prinz?“, fragte meine kleine Schwester neugierig. „Quatsch! Meine Eltern sind zwar in unserer Stadt die Anführer und haben die Verantwortung für unser Volk, aber ein Prinz bin ich nicht“, schmunzelte er. „Kommt, ich zeige euch jetzt meinen Gefährten!“

Wir fuhren in dem Glasröhren-Aufzug noch ein Stück höher, stiegen aus und befanden uns direkt vor einem dieser Stege, die die Türme miteinander verbinden. Niki forderte uns auf über diese schmale, wackelige Brücke zu gehen. „Spinnst du? Da geht’s ja mindestens 100 Meter nach unten. Wir sind doch nicht lebensmüde!“, weigerte ich mich energisch. „Alex, da sind doch seitlich Drahtseile gespannt, da kann man sich festhalten“, belehrte mich Niki.

„Trotzdem ist es verdammt hoch hier!“, beharrte ich. Panik machte sich in mir breit. Mia viel mir ins Wort. „Ich trau mich! Alex, du kannst ja hierbleiben, ich geh mit Niki da rüber.

Außerdem will ich auch mal Astronaut werden, wie du und da darf man nicht so viel Schiss haben!“ Meine mutige, kleine Schwester betrat zielstrebig mit ihren Einhorn-Hausschuhen den Wackelsteg und folgte Niki. Sputnik rannte winselnd hinterher. Ich nahm meinen ganzen Mut zusammen und ging mit zittrigen Beinen, ebenfalls hinterher. Zähne zusammenbeißen und nur nicht runterschauen, immer nach vorne schauen …

Als ich auf der anderen Seite ankam, war ich sehr stolz auf mich, ich hatte meine panische Angst überwunden. Die anderen warteten geduldig auf mich. Niki klopfte mir auf die Schulter. „Gut gemacht, Alex!“ Wir gingen durch den, nach fast allen Seiten offenen Turm und standen plötzlich auf einer Plattform. Niki stieß einen schrillen Pfiff aus. Mia und ich schauten uns verwundert an. Da kam etwas Großes, Dunkles mit gewaltigen Schwingen, in einer enormen Geschwindigkeit um den Turm gefegt, direkt auf uns zu. Wir gingen vor Schreck in die Hocke und machten uns ganz klein, Sputnik knurrte drohend. Niki stand aufrecht da und hielt seinen Arm waagrecht ausgestreckt in die Luft. Da landete das beeindruckendste Tier, das ich je gesehen habe, auf seinem Arm. „Das ist Andorr, mein Gefährte!“, stellte Niki, ihn uns mit sichtlichem Stolz vor. Andorr sah aus, wie ein riesiger Weißkopfseeadler auf der Erde, nur mit einem karminroten Kopf, das restliche Gefieder war glänzend schwarz. Seine klugen, gelben Augen musterten uns von oben bis unten. Niki streichelte ihn zärtlich. Andorr knabberte mit seinem gelben, gefährlichen, spitzen Schnabel ganz vorsichtig an Nikis Ohr herum. „Ich habe dich auch vermisst, mein Lieber!“

Mia und ich standen auf und näherten uns langsam. „Darf man Andorr streicheln, oder mag er das nicht?“, fragte Mia, mit ehrfurchtsvollem Blick. „Wenn ich dabei bin, ist es okay“, erwiderte Niki. Vorsichtig begannen wir den majestätischen Raubvogel zu streicheln. Andorr legte den Kopf schief und schaute uns interessiert an. „Frisst der Hunde?“, wollte Mia noch wissen. Niki verneinte. „Andorr ernährt sich nur von Fisch! Hunde und andere Säugetiere gibt es hier leider nicht.“, stellte er mit einem bedauernden Blick auf Sputnik klar. „Mir wird langsam mein Arm schwer. Was haltet ihr davon, wenn ich euch jetzt die Stadt zeige?“ Niki schnalzte mit der Zunge und Andorr erhob sich mit seinen mächtigen Flügeln in die Lüfte. Zum Abschied kreiste er noch einmal dicht über uns, dann verschwand er mit gewaltigen Flügelschlägen am Himmel. Andächtig sahen wir ihm nach. „Dein Andorr ist wunder, wunderschön!“, schwärmte ich.

„Stimmt!“, lächelte Niki.

INFOS ZU: Astronauten

Astronauten (USA, Europa), **Kosmonauten** (Russland), **Taikonauten** (China), **Raumfahrer**, das sind alles Bezeichnungen für einen Teilnehmer an einer bemannten Expedition ins Weltall.

Am 12. April 1961 umrundete der Russe **Juri Gagarin** als erster Raumfahrer einmal die Erde. Niemand wusste zu dem Zeitpunkt, wie sich die Schwerelosigkeit auf den menschlichen Körper auswirkt. Auch der Wiedereintritt in die Erdatmosphäre war äußerst riskant. Die Kapsel schlingerte sehr. In 7000 Kilometer Höhe wurde der Kosmonaut aus der Kapsel geschleudert und musste mit dem Fallschirm landen. Gagarin wurde zum Volkshelden der Sowjetunion.

1962 zogen die Amerikaner nach. Der Astronaut **John Glenn** umkreiste als erster Mensch innerhalb von sechs Stunden in einer Mercury-Kapsel dreimal die Erde. 1998, im Alter von 77 Jahren, als „Opa", schrieb John Glenn erneut Geschichte, als er mit dem Space-Shuttle neun Tage im All verbrachte.

Der erste Außenbordeinsatz gelang am 18. März 1965, dem Russen **Alexej Leonow**. Er verließ das Raumschiff Voschod 2 für zwölf Minuten, fast wäre es schief gegangen. Leonows Raumanzug blies sich dabei auf und er kam nicht mehr durch die Luke ins Raumschiff zurück. Er kämpfte zwölf Minuten um sein Leben.

Ein Astronaut muss bestimmte Voraussetzungen erfüllen. Bewerber müssen einen Hochschulabschluss (oder Gleichwertiges), in Medizin oder Ingenieurwissenschaft oder einem naturwissenschaftlichen Fach wie Physik, Biologie, Chemie oder Mathematik, vorweisen. Außerdem sollten sie mindestens drei Jahre Berufserfahrung oder Flugerfahrung als Pilot haben. Bewerber müssen fließend Englisch sprechen und sollten zwischen 27 und 40 Jahren alt sein. Man darf nicht kleiner als 153 cm oder größer als 190 cm sein. Gesundheit und Fitness sind weitere Grundvoraussetzungen. Erfüllt man diese Voraussetzungen, kann man sich bei der Europäischen Weltraumorganisation ESA bewerben. Nach einem Auswahlverfahren mit vielen Tests wird man im Erfolgsfall Astronautenanwärter. Nach einer etwa 4 Jahre langen Ausbildung wird man Astronaut.

Astronauten verbringen mehrere Monate im All, an Bord der Internationalen Raumstation ISS. Dort werden in der völligen Schwerelosigkeit eine Vielzahl an unterschiedlichen Forschungsprojekten durchgeführt. Konferenzen mit der Erde sowie tägliche Sporteinheiten gehören zum durchgetakteten Arbeitsalltag eines Astronauten.

Flugversuche

Glücklicherweise gab es auch in diesem Turm einen gläsernen Aufzug. Wir fuhren nach unten. Niki wollte uns zuerst seine Schule zeigen. Auf dem Weg zum Gebäude starrten uns alle Einwohner, die uns begegneten, neugierig an. Einige, insbesondere die Jüngeren folgten uns. Mia mit ihren pink-rosa Klamotten stach in der schwarz gekleideten Menge hervor, wie ein Paradiesvogel und einen Hund hatten sie noch nie gesehen.

An der Schule angekommen, sprach Niki ein Machtwort und unsere Verfolger verschwanden. Wir betraten das mächtige, runde Gebäude über eine große, umrundende Treppe. Die Schule ähnelte einem mit einer riesigen Glaskuppel überdachten Stadion auf der Erde. Unten in der kreisrunden Mitte befanden sich fünf Lehrer. Die zahlreichen Schüler befanden sich auf den Stufen rund herum. Jeder hatte ein Pult mit Display vor sich. Keiner sprach, alle arbeiteten eifrig. Wir wollten nicht stören und gingen leise weiter. Als Nächstes zeigte uns Niki die Schlafsäle. In langen Gängen befanden sich beidseitig waagrechte, mannshohe Röhren. Laut Niki hatte jeder Bewohner zwischen sechs und achtzehn Jahren eine eigene Schlafröhre. Ältere erhielten einen eigenen kleinen Raum. Außerdem gab es einen Bereich, in dem die bis sechsjährigen Kinder betreut wurden. Verschiedene Aufenthaltsräume, Sporthallen und eine große, mit langen, weißen Tischen und Bänken eingerichtete Halle, schauten wir an. In dieser war die Essensausgabe für alle Einwohner. Alle Gebäude, alle Gegenstände waren weiß.

Mia flüsterte: „Alex, ich finde es nicht schön hier, es wirkt alles so kalt. Die haben hier gar keine Farben! Keine Pflanzen, keine Tiere. Nichts!“ Ich nickte zustimmend. Laut fragte Mia, Niki: „Gibt's hier keine Pflanzen?“ „Doch, wir haben Glashäuser, da wachsen ein paar Pflanzen“, antwortete Niki. „Was esst ihr eigentlich?“, wollte Mia weiter wissen. „Wir leben hauptsächlich von Fisch, den gibt es reichlich in unserem Ozean, ansonsten Algen und was unsere Nahrungsforscher entwickeln.“ „Oh, dann gibt es bei euch keine leckere Schokolade, Gummibärchen oder Eis?“ Ich mischte mich ein. „Mia, natürlich gibt es das hier nicht oder hast du hier irgendwo eine Kuh gesehen? Hier gibt es keine Wiesen, Felder und Wälder, nur sehr viel Wasser!“ „Das ist ziemlich blöd, würde ich sagen.“ Mitleidig sah sie Niki an.

„Seit ich eure fantastische Erde, Koa und Paradisus gesehen habe, träume ich von so einer Heimat. Stellt euch vor, wie schön es dort für Andorr wäre. Ich hoffe, dass meine Eltern bald mit mir Paradisus erkunden. Apropos, wir sollten uns auf den Weg zu ihnen machen, sonst verpassen wir das Abendessen!“ „Hast du nicht was vergessen?“ Mia sah Niki prüfend an. „Was soll ich vergessen haben?“ „Na, ja!“ Mia breitete beide Arme aus. „Ah! Liebe Mia, wie könnte ich das vergessen? Ich habe schon alles gemanagt, nach dem Essen haben wir die große Flughalle für uns, dann kannst du endlich fliegen! Du Alex, natürlich auch!“, grinste er augenzwinkernd.

Das Essen bei seinen Eltern war sehr lustig! Keine steife Angelegenheit, wie ich erst befürchtete. Niki erzählte ihnen unsere Abenteuer so spaßig, dass wir zum Teil Tränen lachten. Das Essen sah seltsam aus, schmeckte aber hervorragend. Sputnik bekam auch etwas ab.

Nikis Eltern versprachen uns, dass sie uns am nächsten Morgen mit ihrem extra schnellen Raumschiff, zusammen mit Niki, rechtzeitig zur Erde zurückbringen. Auf dem Rückweg wollten sie den Planeten Paradisus besuchen. „Nun aber ab zur Flughalle!", bestimmte Niki. Wir bedankten uns bei seinen Eltern für die Einladung und machten uns auf den Weg.

Unterwegs erblickte ich weiter unten eine gewaltige Plattform mit ungefähr 100 Raketen. „Wofür braucht ihr so viele Raketen? Ihr könnt doch fliegen!", wunderte ich mich. „Auf Xerxes gibt es noch acht weitere Städte, die weit entfernt sind. Die Strecken sind zu weit zum Fliegen, besonders wenn es stürmisch ist! Da sind Raketen sicherer. Habt ihr keine eigene Rakete um ins All zu fliegen?" „Nein, ihr seid uns in technischen Entwicklungen weit voraus. Es gibt bei uns mittlerweile einige Anbieter die Privatpersonen zum Vergnügen ins Weltall bringen, aber das ist sehr, sehr teuer und schadet unserer Umwelt enorm.", teilte ich Niki mit.

Wo wir auch gingen, wir wurden angestarrt, das war echt unangenehm. Hier waren wir die Fremdlinge! Mia ignorierte die Blicke und hüpfte voller Vorfreude um uns herum. Die Flughalle war gigantisch groß. Felsspitzen in unterschiedlichen Größen und Anordnungen ragten aus dem Fußboden. Durch die durchsichtige Kuppel war der weite Himmel zu sehen. Es wurde langsam dunkel draußen und erste Sterne zeichneten sich ab. Niki holte aus einem Fach zwei Paar Flügel und zwei Helme heraus. Das kleine Paar für Mia, das große für mich. Er half meiner Schwester beim Anlegen, ich konnte es allein. Niki erklärte uns, dass wir vor allem mit unseren Gedanken die Flügel steuern, kombiniert mit den Bewegungen unserer Schultern. Er führte uns alles haarklein vor und ließ uns Trockenübungen machen. Er war ein klasse Lehrer!

„Okay, alles klar? Wer von euch beiden will anfangen?“ „Ich! Ich! Ich!“, plärrte Mia gleich los. Na von mir aus. Wir kletterten auf eine kleine Plattform an der Hallenwand. Niki gab Mia genaue Anweisungen. Sie breitete die Flügel aus und flatterte damit in der Luft. Plötzlich hob sie ab und schoss in die Höhe bis unter die hohe Kuppel. „Langsam! Nicht Stopp! Langsam Mia!“, rief Niki ihr nach. Mia hatte in der Luft abrupt angehalten und viel wie ein Stein nach unten. Niki reagierte blitzschnell, breitete seine Flügel aus und stürzte sich in Mias Richtung, knapp über einer Bergspitze konnte er sie mit seinen Krallenhänden schnappen. Gekonnt segelte er mit ihr eine kleine Runde und setzte sie bei mir ab. „Mia, ich habe fast einen Herzinfarkt bekommen! Was war das denn? Hast du Niki vorhin nicht zugehört?“, schnauzte ich meine Schwester an. „Ist doch nichts passiert! Mach es doch besser du Klugscheißer!“, giftete sie zurück. Niki griff ein. „Das kann schon mal passieren, halb so schlimm. Alex, du bist dran. Zeig was du kannst“, forderte er mich auf. Ich konzentrierte mich und ging in Gedanken noch mal alles durch, was Niki gesagt hatte. Ich breitete die Flügel aus und stieß mich von der Plattform ab. Schwebend umkreiste ich eine Bergspitze, dann schlug ich sacht mit den Flügeln und gewann an Höhe. Es war herrlich! Ich bewegte meine linke Schulter ein klein wenig nach unten und flog eine große Linkskurve, spiralförmig schraubte ich mich immer höher bis zur Glaskuppel. Dort ließ ich mich ein paar Meter fallen und segelte in einer Rechtskurve um mehrere Bergspitzen. Flatternd stoppte ich in der Luft und grinste bis zu beiden Ohren. Ich schaute mich um, da vorne war ein drei Meter breiter Spalt zwischen zwei Felsen, da wollte ich durch. Ich peilte die Stelle an und schoss in rasanter Geschwindigkeit los. „Alex, lass das! Das ist zu gefährlich!“, hörte ich Niki schreien. Der Spalt kam schnell näher, ich bremste nicht ab, sondern faltete beim Durchflug kurz meine Flügel zusammen und schon war ich auf der anderen Seite angelangt. Ich bremste etwas und flog noch eine elegante Schlaufe, bevor ich exakt vor Niki und Mia landete. Beide standen staunend mit offenen Mündern vor mir. „Alex, ich glaub es nicht! Du bist echt noch nie geflogen? Das war der Wahnsinn! Du bist ein Naturtalent!“, stellte Niki staunend fest. „Ich hatte einen super Lehrer“, gab ich das Kompliment lächelnd zurück. „Übertreibt mal nicht ihr beiden! Ich will auch noch mal fliegen!“, presste die schmollende Mia hervor. Gemeinsam übten wir mit der stürmischen Mia, kontrolliertes, langsames fliegen. Nach einiger Zeit klappte es ganz gut bei ihr und ihre Laune war wieder besser. „Lasst uns für heute Schluss machen, ich bin müde“, stellte Niki gähnend fest. Ich gähnte ebenfalls und nickte. „Ich bin topfit und nicht müde!“, hielt Mia dagegen. Wir gingen zu den Schlafsälen. Niki wies uns zwei der Schlafröhren zu, die sich neben seiner eigenen befanden. Er zeigte uns die Knöpfe zum rein- und rausfahren der Röhre für Licht und beruhigende Einschlafgeräusche. Mia wollte auf keinen Fall alleine in so eine Röhre und krabbelte zu mir. Sputnik legte sich vor unseren Schlafplatz in den Gang. In meine Arme gekuschelt, schlief die topfitte Mia sofort ein. Ich schloss die Augen und flog lächelnd mit ausgebreiteten Flügeln ins Land der Träume.

INFOS ZU: Weltraumtourismus

Weltraumtourismus bedeutet, dass Privatpersonen zu Vergnügungs- oder Studienreisen ins Weltall fliegen.

Bereits 2001 war ein erster Weltraumtourist an Bord der Internationalen Raumstation ISS. Eine Handvoll weiterer Zivilpersonen sind seither gefolgt. Sie besuchten für einen Zeitraum von einer bis zwei Wochen die Raumstation. Der Aufstieg ins All dauert circa acht Minuten. Von einer Sekunde auf die andere setzt schlagartig die Schwerelosigkeit ein. Danach dauert es sechs Stunden vom Start bis zum Andocken an die ISS. Die Kosten für ein privates Weltraumabenteuer sind sehr hoch, ein Vergnügen für Superreiche. Die ersten Weltraumtouristen zahlten 2006 rund 16 Millionen Euro für ihren Raumflug.

Das Geschäft mit dem Weltraumtourismus kommt in die Gänge und wächst stetig. Drei prominente Milliardäre liefern sich dabei einen Wettkampf. Rund um die Erschließung des Weltalls gibt es bereits eine ganze Industrie.

Am 16. September 2021 ist erstmals eine Falcon-9-Rakete mit vier Weltraumtouristen ohne Begleitung eines Astronauten in den Orbit geschossen worden. Sie wurde hauptsächlich mit Autopilot geflogen und hätte im Notfall von der Erde aus ferngesteuert werden können.

Nach drei Tagen, in 575 Kilometer Höhe mit einer Geschwindigkeit von 30.000 km/h, landete die „Crew-Dragon“ Raumkapsel sicher vor der Küste Floridas. Alle 90 Minuten fand im All eine Erdumkreisung statt. Während der Reise wurde die Herzfrequenz, der Sauerstoffgehalt im Blut und die kognitiven Fähigkeiten jedes einzelnen Passagiers überwacht. Die Ticketpreise für alle vier Plätze wurden auf 200 Millionen Dollar geschätzt. Für Januar 2022 wird bereits der nächste Flug mit drei Geschäftsleuten geplant.

2022 sollen weitere Touristenflüge mit der Virgin Galactic für rund 450.000 Dollar angeboten werden. Die Reise führt in rund 85 Kilometer Höhe, was eigentlich genau genommen noch nicht als Weltall zählt.

Aber auch die **Kritik** am Geschäft mit dem Weltraumtourismus nimmt zu.

Die meisten Raketen verbrennen Kerosin. Laut Berechnung des DLR entstehen allein beim Start einer Rakete 380 Tonnen CO_2 und eine große Menge Ruß. Pro Weltraumtourist wären das 100 Transatlantikflüge Zürich – New York.

Mit jedem Raketenstart werden Atmosphärenschichten geschädigt, insbesondere die Ozonschicht, die dünne Schicht, die unsere Erde und uns Menschen vor zu viel UV- Strahlungen schützt.

Die Anzahl der Raketenstarts steigt gewaltig, nicht nur wegen des Weltraumtourismus, sondern auch wegen der Tausenden von kommerziellen Satelliten, die ins Weltall geschossen werden.

zurück

Neben mir bewegte sich Mia und ich wachte auf. „Guten Morgen, Alex!“, strahlte sie mich an. „Es ist zwar cool hier, aber ich freue mich trotzdem auf zu Hause. Auf mein eigenes, gemütliches Zimmer, mit all meinen Spielsachen, unseren Garten und Schokolade und Eis!“, schwärmte sie in den höchsten Tönen. „Nicht zu vergessen das leckere Obst, Äpfel, Erdbeeren, Himbeeren, Kiwi …“, fügte ich lachend hinzu.

Niki lugte um die Ecke, in unsere Schlafröhre. „Hallo, ihr Schlafmützen! Auch schon wach? Wollt ihr was frühstücken?“ „Was gibt’s denn?“, fragte Mia neugierig. „Na ja, wie gesagt, Fisch, Algen und …“ Mia unterbrach ihn schnell. „Igitt, nein danke! Ich habe doch keinen Hunger“, sie rümpfte die Nase. „Danke Niki, mir ist es jetzt auch nicht nach Essen. Wann starten wir zur Erde?“, informierte ich mich bei ihm. „Möglichst bald, denke ich. Wir können gleich zu meinen Eltern gehen, wenn ihr wollt.“ Wir machten uns auf den Weg, die Straßen und Plätze waren wie leer gefegt. Fast alle Bewohner schienen noch zu schlafen. Da deutete Niki nach oben. „Meine Eltern sind schon am Raumschiff, seht ihr sie?“ Ich sah Nikis Mutter uns zuwinken und nickte. „Findet ihr alleine zu ihnen hoch? Ich möchte, bevor wir aufbrechen, kurz nach Andorr schauen, ob es ihm gut geht.“ Dafür hatten wir vollstes Verständnis. „Alles klar! Bis dann Niki.“

Beim Raumschiff angekommen, empfing uns Nikis Mutter freudestrahlend. Sie zeigte uns unsere Sitzplätze und anschließend erhielten wir eine Führung durch die gesamte, imposante Raumfähre. Hier hatten mindestens 20 Personen Platz. Nikis Vater saß bereits im Cockpit und programmierte Daten ein. Er hob die Hand zur Begrüßung, ohne einen Blick vom Bildschirm zu wenden. Mia und ich setzten uns in die erste Reihe nach dem Cockpit und ließen den Platz zwischen uns für Niki frei. Sputnik saß rechts neben mir.

Niki stürzte atemlos durch die Eingangsluke. „Bin ich zu spät?“, keuchte er. „Nur die Ruhe. Wir sind noch da, mein Sohn!“, entgegnete sein Vater entspannt. Wir schnallten uns alle an. Ich legte dem braven Sputnik den Gurt um. Er hechelte aufgeregt mit heraushängender Zunge. Vielleicht spürte er ja, dass es nach Hause ging. Das Dröhnen und Beben begann. Nikis Eltern blickten sich nach uns um, wir streckten die Daumen nach oben. Mit einer ungeheuren Explosion ging es ab ins Weltall. Eine irre Kraft drückte uns in die Sitze. Nach gerade mal drei Minuten kam die Schwerelosigkeit.

Mia kramte in ihrem Rucksack und beförderte eine halb gefüllte Papiertüte heraus. „Guckt mal, ich habe noch Popcorn. Mag jemand was?“ „Gerne, aber pass bloß auf, dass hier kein Popcorn rumfliegt!“, ermahnte ich sie. „Niki, du auch?“ Niki nickte. „Ja, war echt lecker.“ Mia reichte ihm die Tüte und er nahm eine Handvoll heraus und verschloss sie sofort wieder. Meine Schwester bediente sich auch und reichte die Papiertüte an mich weiter. „Was esst ihr denn da?“, wollte Nikis Mutter wissen. „Mum, das ist Popcorn von der Erde. Das müsst ihr probieren! Schmeckt klasse!“, schwärmte Niki. Ich reichte ihr die Tüte und sie probierte ein einzelnes Popcorn. „Sehr gut! Und das wächst so auf der Erde?“, sie sah mich ungläubig an. Ich schüttelte den Kopf. „Nein, Popcorn wird aus

Mais gemacht. Mais ist eine Pflanze, die gelbe Kolben bekommt, wenn der Mais reif ist. Die gelben Körner kann man kochen und so essen oder trocknen. Popcorn macht man aus getrockneten Maiskörnern mit etwas Öl und viel Hitze, die ploppen dann auf und werden weiß. Etwas Zucker dran, fertig!", klärte ich Nikis Mutter auf.

„Interessant! Hör mal, Alex, wenn das mit dem Planeten Paradisus etwas wird und wir unser Volk irgendwann umsiedeln, würdest du uns dann mit deinem Wissen helfen? Wir haben keine Ahnung von Pflanzen, ihren Anbau, welche essbar sind, … und wir werden Nahrung für unser Volk brauchen." „Natürlich!", rief ich begeistert. „Ich werde ganz viel lernen und Infomaterial zusammenstellen. Was, wo am besten wächst und wie man düngt, wann man erntet, wie man alles lagert. Ich könnte auch etwas Saatgut besorgen zum Testen …" Ich war Feuer und Flamme bei der Aussicht, unseren außerirdischen Freunden in ihrer neuen Heimat zu helfen. Noch mehr freute ich mich über die Tatsache, dass ich Niki wiedersehen würde. „Ich möchte auch helfen", meldete sich Mia zu Wort. „Sicher Mia, das weiß ich doch!", beruhigte ich sie.

„Seht, da vorne ist eure Erde!" Niki sah erst Mia und dann mich an. „Ich wollt euch beide noch was fragen?" Erwartungsvoll schauten wir ihn an. „Tja, auch wenn das mit Paradisus eventuell nichts wird, sollen wir uns dann trotzdem mal treffen? Ich meine, habt ihr Lust, dass …", druckste Niki herum. „Ja, logisch! Das wäre mega!", jubelten wir freudig. Mir fiel etwas ein. Meine Eltern hatten für nächstes Jahr, in den Faschingsferien einen Wellnessurlaub gebucht, ohne uns. Ein Geburtstagsgeschenk von Papa für Mama.

Das wäre die Gelegenheit, der perfekte Zeitpunkt. Eine ganze Woche für neue Abenteuer mit Niki. Wir machten den Termin fest aus. In sechs Monaten würden wir uns wiedersehen. Mit dieser Gewissheit, viel der Abschied leichter. Nikis Vater war gelandet. In der Aufregung hatten wir die Landung verpasst. Wir befanden uns außerhalb unseres Grundstücks auf einem angrenzenden, abgeernteten Acker. Als Nikis Vater das Loch in Mamas Garten entdeckte, schaute er Niki strafend an und schüttelte den Kopf. „Ab mit euch! Sonst sind eure Eltern doch noch vor euch zu Hause. Niki bringt euch raus!" Wir bedankten uns noch bei Nikis Eltern und gingen mit Niki zur Luke. Wir umarmten uns, Niki knuddelte noch einmal Sputnik. „Pass gut auf die beiden auf!", sagte er zu unserem Hund. Grüßend hob er den Arm, die Luke ging zu. Niki war weg. Unsichtbar, wie das Raumschiff.

Ich riskierte einen Blick zu unserem Haus. Gerade in dem Moment kam in der Ferne ein Wohnmobil um die Kurve gefahren. Mama und Papa! „Mia! Sputnik! Schnell ins Haus, sie kommen!" Ich riss das Gartentürchen auf und stürmte voran. Schnell durch den verwüsteten Garten, bei der Terrassentür rein und ab in die Küche. Mias Rucksack schmiss ich die Treppe rauf, vor ihre Zimmertür. Dann setzten wir uns gelangweilt an den Küchentisch und blätterten in alten Zeitungen rum. „Hallo ihr Lieben. Wir sind wieder da!", rief meine Mutter, als sie das Haus betrat. „Wo seid ihr denn?" „In der Küche.", antwortete ich. Sie kam zu uns in die Küche, drückte uns und gab jedem von uns einen Kuss auf die Backe. Dafür war ich eindeutig zu alt, das kapierte sie einfach nicht. „Na? Alles gut?", fragte Mama uns. Sie schaute uns misstrauisch an.

„Papa räumt noch das Wohnmobil aus und ich mach uns einen schönen Salat zu Mittag, was haltet ihr davon?“ Sie schnappte sich ein Messer aus der Schublade und ging in den Garten. „Oh, oh, gleich kommt's!“, prophezeite Mia.

Ein lauter, entsetzter Schrei, der sicherlich in der ganzen Siedlung zu hören war, kam aus unserem Garten. Papa kam ins Haus gelaufen und rannte in den Garten zu Mama. Wir folgten langsam. Papa hatte der zitternden Mama das Messer aus der Hand genommen und versuchte sie zu beruhigen. „Da, da, da war mein Gemüsebeet!“, stotterte sie fassungslos. Sie drehte sich zu uns um und blickte mir fest in die Augen. „Alex, was war hier los? Was habt ihr hier angestellt? Sag mir ja die Wahrheit!“ Ich schaute auf den Boden vor mir. „Ähm, also, da ist ein Außerirdischer notgelandet und wir haben ihm dann geholfen die Rakete wieder flott zu machen.“ Ich blickte ihr ins Gesicht. Mama wurde rot, als würde sie gleich explodieren. Auf einmal prustete sie los und fing lauthals das Lachen an, sie hörte gar nicht mehr auf zu lachen. Die Tränen liefen ihr über die Wangen. Verwirrt schaute ich zu Mia und Papa. „Also Alex, so eine bescheuerte Geschichte habe ich ja noch nie gehört! Wenn du es mir nicht sagen willst, okay. Tatsache ist, dass du hier alles wieder picobello herrichtest! Verstanden!“ „Kein Problem!“, stimmte ich zu. „Ich helfe Alex! Wir können nämlich gar nichts dafür!“, verteidigte uns meine kleine Schwester. Mama sah uns prüfend an. „Seit wann versteht ihr euch so gut? Da ist gestern etwas Außergewöhnliches passiert, da bin ich mir sicher“, vor sich hin murmelnd ging sie in die Küche. Wir holten die Schubkarre, Schaufel und Rechen. „Alex, wo ist mein ganzer Essig hin? Ich bin mir sicher, dass ich noch einige Flaschen hatte!", ertönte es aus der Küche. Mia und ich grinsten uns an und machten uns an die Arbeit.

„Alex schau mal, wie wunderschön das ist. Die vielen bunten Schmetterlinge auf den lila Blumen!" Fasziniert sahen wir den flatternden Schmetterlingen bei der Nahrungssuche zu. Ich erkannte Tagpfauenauge und viele Zitronenfalter auf dem Schmetterlingsflieder. Ich begann gut gelaunt die Erde zu schaufeln und freute mich jetzt schon wahnsinnig auf die Faschingsferien!

INFOS ZU: WeltraumBahnhöfe

Von den sogenannten **Weltraumbahnhöfen**, werden Trägerraketen mit Raumfahrzeugen in eine Umlaufbahn um unseren Planeten Erde gestartet. Meist handelt es sich um Satelliten, Raumsonden oder Raumschiffe. Oft befinden sich auf diesen Geländen auch Startplätze für Höhenforschungsraketen und bzw. oder militärische Raketen.

In Russland und China werden die Weltraumbahnhöfe auch **Kosmodrome** genannt.

Die meisten Weltraumbahnhöfe befinden sich in der Nähe des Äquators. Das hat etwas mit der Erdrotation zu tun. Die Erde dreht sich zum Beispiel im Zentrum des Nordpols überhaupt nicht, während die maximale Rotation am Äquator circa 1630 km/h beträgt. Wenn die Raketen in Richtung Osten starten, können sie den meisten Schwung der Erde mitnehmen und sparen dadurch eine Menge Treibstoff. Ein weiterer wichtiger Punkt ist eine dünn besiedelte Gegend, falls ein Start missglückt und Teile herunterfallen. Perfekt ist ein angrenzender Ozean. Auch die vorherrschenden Wetterverhältnisse sollten kalkulierbar sein.

Zurzeit gibt es weltweit 25 dieser Bahnhöfe, von denen eine Reise ins Weltall möglich ist. Die Europäische Union hat ihren Weltraumbahnhof in Kourou, Französisch-Guayana (Mittelamerika).

Das Land gehört zu Frankreich und grenzt im Osten an den Atlantik. Die USA betreibt drei Weltraumbahnhöfe. Das Kennedy Space Center in Cape Canaveral / Florida, ist der bekannteste von ihnen. Hier begannen die Mondflüge, Start und Landung des Space-Shuttles und vieles mehr. Russland besitzt ebenfalls mehrere Kosmodrome, ihr berühmtester Weltraumbahnhof befindet sich in Baikonur / Kasachstan. Von hier startete der erste Satellit Sputnik und auch der erste Raumfahrer Juri Gagarin. China betreibt ebenfalls drei Kosmodrome. Weitere Länder mit Weltraumbahnhöfen sind Brasilien, Indien, Israel, Kenia sowie Nordkorea und Südkorea. Außerdem gibt es noch private Weltraumbahnhöfe für den Weltraumtourismus und die kommerziellen Satelliten.

Index mit 20 Informationen über das Weltall:

Quellenangaben

de.m.wikipedia.org

www.dlr.de

www.esa.int

www.planet-wissen.de

www.geo.de

www.weltderphysik.de

Printed in Poland
by Amazon Fulfillment
Poland Sp. z o.o., Wrocław

86911063R00117